花咲くキッチン
再会には薬膳スープと桜を添えて

忍丸

富士見L文庫

おしながき

前菜

——ああ、春が来た。

肌を撫(な)でる風が暖かいのも、薄桃色の欠片(かけら)が空を舞うのも。

優しい陽(ひ)の光が世界を照らすのも、ピカピカの制服やスーツを着た若い子たちが町中を賑(にぎ)わせているのも……全部、春が来たからだ。

——それだけじゃない。

なんとなく体がだるくて、なかなかお布団から出られないのも。

綺麗(きれい)な花や温暖な気候に誘われて、ついついお酒や甘味に手が伸びてしまうのも。

久しぶりに体重計に乗ったら愕然(がくぜん)としてしまったのも——

全部、春のせいだ。

「春って罪深いわ」

私——陽茂野百花(ひものももか)は、ひとりぼやきながらコンビニの袋を手にのんびり歩いていた。

今日は久しぶりの休日だ。旅行会社に勤めている私は、普段は店頭で募集型企画旅行などの販売をしている。いわゆる接客業だ。春は新入社員がやってくる季節でもある。彼らの指導も私の仕事の一環だ。退屈な座学研修を終え、さあ店舗で実践だと意欲満々な新入社員たちの相手をしていたら、怒濤の七連勤になってしまった。

——まあ、そのおかげで少しは仕事を任せられるようになったし。社会に出たばかりの子たちが、ちょっとずつ成長していく姿っていいわよねえ。

……とはいえ。正直、アラサーに長期の連勤はキツい。

仕事が終わり、ほうほうの体で帰ったひとり暮らしの部屋。最後の力を振り絞って、飼い猫のシロに餌をあげたところまでは覚えている。化粧すら落とさずに眠ってしまった私がバリバリになった瞼をやっとのことでこじ開けると、すでに昼間近。休日の半分を惰眠で消化してしまった現実にうんざりしつつ、お昼ご飯を買いに出たのだが……。

——あれだけ寝たのにまだ眠いなあ。春眠暁を覚えずとはよく言ったものだわ。

あくびを嚙み殺し、凝り固まった首をコキコキ鳴らす。

誰と会うわけでもないからと、適当につっかけてきたサンダルがぺたぺたと緩んだ音を立てている。部屋着のジャージがさらさらと擦れ、雑に結った髪が揺れた。暖かな風が頰を撫でていくと、春は紫外線が強いことを思い出してすっぴんに不安を覚える。堪らず顔をしかめれば、長年愛用している極太フレームの眼鏡がズレた。

――まあいいか。

寝過ぎてぼんやりした頭で、周囲を眺めながら足を進める。

目に映る光景はまさしく春。

晴れ渡った空に若葉が目に眩しく、風はほどよい暖かさを含んで心地よい。

葉擦れの音が風に乗って過ぎていき、春の麗らかさを満喫する鳥の声が楽しい。

更に言うと、家の近所にある桜の名所の公園は酔っ払いたちの笑い声で満ちていた。

毎年、春になると思う。

どうしてこう老いも若いも揃いも揃って、桜が咲いた途端に街へ繰り出すのだろう。

薄桃色の花には酒を飲みたくさせる力でもあるのだろうか。もしや桜を見たら宴会をしなければならない呪いを、日本人はもれなくかけられているとか……？

「――ふふっ」

……んなわけない。

「んふふふ」

なんだか笑いが止まらなくて、ジャージの袖で口もとを隠す。ふと視線を巡らせれば、犬の散歩をしている老人が怪訝そうな顔で私を見つめていた。

「んっ。んんっ！」

咳払いをして、なにごともなかったかのように歩みを再開する。

ひとり暮らしを長くしていると、笑いの沸点がおかしくなりがちだ。

同居人でもいれば一般的な感覚でいられるのだろうが……。

ま、小さなことで笑える自分が好きだったりするから別に構わないのだけれど。

そこまで考えを巡らせて、たどり着いた結論に「なるほどな」と心の中で膝を打つ。

――こういう思考回路は、まさにあのあだ名どおりと言えるのではないだろうか。

「可愛い！　写真撮ろうよ！」

「いいね～！」

やけに楽しそうな声が耳に届いた。

声の持ち主は、お花見をしている女性たちだ。

全身を流行のスタイルで固め、スマホを構えてキャッキャと笑っている。女性たちの笑顔は弾けんばかり。お弁当だって〝無意味に〟色鮮やか――

瞬間、手にしたビニール袋の重みを思い出してしまった。そこにはおにぎりが二個、〝春限定〟という謳い文句に釣られて買った桜のスイーツに、無糖紅茶のペットボトル、ビールに酎ハイ、おつまみが入っている。

それらは私の命を繋(つな)ぐ食料たち。

だけど、あのお弁当に比べて華やかさに関しては遠く及ばない品々だ。

「……むっ。負けた」

ちょっぴり敗北感。とはいえ昨今のコンビニ飯は美味(おい)しいのだ。レンチンで作れるご馳(ち)走(そう)なんだぞと対抗心を燃やしたところで、苦い笑みを浮かべた。

しみじみと実感する。ああ、やはり私は〝干物〟なのだと。

〝干物〟——私が学生時代に友人から賜ったあだ名である。

それは、見栄えよりも実を取る性格からつけられたものだ。

SNS映えしそうな派手なご飯よりも、お母さんが作る茶色成分が多い和食の方が美味しいと思う。

大勢でイベントをやるよりかは、少数精鋭で充実した時間を満喫したい。

流行の店に長時間並ぶより、コンビニで美味しい商品を探す方が有意義に思う。

ひとり旅も大好きだ。お酒だって、マイペースに飲みたいから飲み会は好きじゃない。

服も値段の高いブランドを選ぶ必要性を感じない。重要視すべきなのは実用性だ。あまり流行に乗ったデザインだと数年後には着られなくなるから論外。

学生時代は、友人たちに年寄りかと呆(あき)れられたものだ。

常に流行へアンテナを張ることを当たり前にしていた友人たちからすれば、私は少し変わって見えたのだろう。彼女らはそんな私を愛をこめてこう呼んだ。

〝干物〟である。名字が〝陽茂野〟だから、そこから取ったのだろう。

なんて絶妙なネーミングセンス。実は私……〝干物〟というあだ名は嫌いじゃない。

長期保存に向いていて、決して甘くないけれど、香ばしく焼き上げたら立派なおかず。なにより朝食に出てきたら「朝から豪勢だわ」とハッピーになる一品……。

それが〝干物〟であると私は思うからだ。

──うん。〝干物〟最高じゃないか。

「みんなと足並みを揃えても、私が楽しくなかったら意味がないものね」

にんまりとコンビニの袋を覗(のぞ)き込む。今日はこれから長湯をする予定。入浴剤を入れたお風呂で映画を一本観(み)るのだ。湯上がりのビールが楽しみで仕方がない。寝坊さえしていなかったら、私的に百点満点の休日である。

その時、スマホが小さく震えた。ちらりと画面に視線を落とせば、学生時代の友人（私に〝干物〟とあだ名をくれた張本人である）からチャットアプリで画像が届いていた。

『ウエディングドレスの試着に来ました！』

ウキウキ感を隠しきれないメッセージ。下には、ドレスを着た友人が写っている。

「あら。素敵ね～」

ポチポチと賛辞の言葉を返信する。試着とはいえ、何着も着替えるのは大変そうだ。

すると再びスマホが震えた。画面には――

『百花もいい報告待ってるからね！』

「おお……」

小さく声を漏らして、『了解』なんて適当なスタンプを送った。

スマホをしまってポリポリと頬を指で掻く。アラサーともなると、友人たちも続々結婚し始めている。みんな幸せそうでなによりだ。私にとっては別世界の話題だけど。

――今は恋愛よりも仕事なんだよねえ。

なにせ仕事が面白くて仕方がない。

旅好きが高じて旅行会社に勤めたのは、大正解だったんじゃないかと思う。

経験則をもとに独自のプランを作り上げる面白さ。お客様のお土産話も楽しみだし、希望の行き先と行程が上手にハマった時は震えるくらいに嬉しい。

しかも有給を使って社割で旅行に行けるのだ。旅行は業務に関わる勉強でもある。だから長期休暇も取りやすい。旅行好きからすれば最高の環境だと言えるだろう。

――それに……恋愛の仕方なんてわからないし。

古傷がチリチリと痛んだ。

とはいえ気に病むほどの痛みではない。人には向き不向きがあるというだけの話だ。

そもそも恋愛や結婚はしようと思ってするものではない。

きっかけは神様が用意してくれるはずだ。

結論。今の私にはてんで縁のない話である――そういう風に考えていた。

「……んんッ」

――その時だ。

突然、強い風が吹き込んできて、道ばたに積もっていた桜の花びらを舞い上げた。

埃が入ったらことだと、目を瞑って息を止める。耳もとでびょうびょうと風が唸ってい
る。竜巻でも起こったのかと思いたくなる風の勢いに必死に耐えた。

その間、十数秒。通り魔のような風が通り過ぎると、ホッと息を吐き出して――

そろそろと目を開ければ、眼前に美しい光景が広がっていた。

桜の花びらの雨だ。風で舞い上がった春の欠片が空から降ってくる。陽光を、きら、き
ら、と反射した花びらが、もったいぶるようにゆっくりと宙を舞う。くるくると楽しげに
踊った花びらは、音も立てずに静かに地面に積もっていく。空の青、陽光の輝き、ゆっく
り舞い落ちる桜の花びら。まるで映画のワンシーンみたいだ。それはひどくロマンチック

に、普通の景色を特別なもののように彩っていた。

すると花びらの向こうに、誰かが立っているのが見えた。

「わ……」

瞬間、思わず感嘆の声を上げた。

その人の存在感に目を奪われてしまったからだ。

どこかの店員だろうか。黒いエプロンを身につけて箒を手にしている。特筆すべきはその体だ。しっかりと鍛え上げられた体は、服の上からもわかるほどに筋肉質。けれど、ボディビルダーのように大げさではなく、野生動物を思わせるしなやかさがある。まっすぐに伸びた背筋はダンサーのごとく凛とした雰囲気があり、白いシャツから覗くたくましい腕には牡丹の入れ墨が入っていた。

――顔が見えないけど、絶対にイケメンだわ、これ。

しみじみと頷き、ほうと熱い吐息をこぼした。

これはぜひ、ご尊顔を拝ませていただきたい。

ムラムラと野次馬根性を発揮していれば、不意にその人がこちらを見た。

「……おお」

期待どおりの容姿に声を漏らす。

夜色に染まった長い髪。緩く三つ編みにしている。硯でよくよく擦った上質な墨を、一滴だけ澄んだ泉に落としたような瞳の色。けぶる睫毛に彩られた目もとは涼やかで、意志の強さを感じさせる。薄い唇は淡い桜の花びらを連想させた。

普通なら近寄るのも遠慮したいくらいの美形さんである。

なのにとても親しみを覚えるのは——彼が顔いっぱいに喜色を浮かべたからだろう。

ドクン、と心臓が激しく跳ねた。

「……!?」

なぜ美形さんの笑顔が私に向けられているのかを理解できず、頭が混乱する。

後ろを振り返ってみた。どうせ、すぐ後ろに絶世の美女がいるとかいうオチだろう……と思ったのに誰もいない。

そうこうしているうちに、足音が近づいてきた。

なんてこった、後頭部に視線を感じる！

どうやら美形さんは、私を知り合いと勘違いしているらしい。

——人違いだと気がつかれた瞬間、とんでもなく冷たい目をされそう。

嫌な予感がしで全身に汗が滲む。美形の冷め切った顔なんて間近で見たくない。

私はドMじゃないのだ。干物だからって心まで堅いわけじゃない!!

「……ふう」

ならば先手を打つだけだ。

大きく深呼吸をして、覚悟を決めて後ろを振り返った。

「あ、あの――……」

「やあ」

瞬間、思いのほか近くに美形さんの顔があって、心臓が止まりそうになる。

美形さんは私よりも頭ひとつぶん背が高かった。間近で見る肌のきめ細やかさと言ったら！　喉もとから首筋にかけてのライン、柔らかく細められた瞳、うなじからわずかにこぼれた髪の束……殺人的な色気を辺り構わず放っている。

――うっ。目が潰れそう。

同じ空気を吸っていいのか悩む。万が一、私が吐いた二酸化炭素を美形さんが吸ったらと思うといたたまれない。逆も然り……と馬鹿なことを考えていれば、突然、美形さんが私に向かって手を伸ばしてきた。

「あ、あの……!?」

ただひたすら困惑している私をよそに、美形さんはひょいと私の眼鏡を外した。

まじまじと私の顔を眺めて「やっぱり」と屈託のない笑みを浮かべる。

「ねえ、君。百花だよね？」

「え……？」

美形さんの口から自分の名が飛び出してきて固まってしまった。

その間も美形さんは私をいろんな角度から眺めては「やっぱりそうだ」とひとり納得しているではないか。ハッと我に返った私は泣きそうになりながら叫んだ。

「ど、どうして私の名前を!? あなた誰ですか!!」

すると、美形さんはやれやれと首を振った。

ずいと鼻がくっつきそうなくらいに顔を近づけ、目を細める。

「忘れちゃった？ ま、小学校以来だもんね。俺はすぐにわかったのに……ひどいな」

私の髪についていた桜の花びらを指で摘まみ、いやに色気たっぷりの笑みを浮かべた。

「俺は王浩然（ワンハオラン）。小学四年まで、君んちの隣に住んでいたんだけどな」

一瞬キョトンとする。美形さんの言葉にみるみるうちに記憶が蘇（よみがえ）ってきた。

その整った顔の中に、懐かしい人の面影を見つけると――

「あ……ああああああああ!! シャオラン!!」

私は思わず絶叫したのだった。

これが、私と王浩然……幼馴染(おさななじ)みとの再会だった。

この出会いが、干物な私の人生を大きく変えるなんて、誰も予想できなかったに違いない。少なくとも私には無理だった。なぜなら――

――化粧……いや、せめて普通の服を着ておくんだった……！

そんな後悔で、頭がいっぱいだったからである。

一皿目　季節の変わり目の体調不良に　春を迎えるためのスープ

「マネージャー、最近なんか調子よさそうですよね」

「えっ。そう？」

「肌つやがよくなった気がします！　なにかしてるんですか～？」

ここは大手旅行会社「多摩(たま)ツーリスト」のとある路面店。

店舗内にあるバックヤードで社員の指導を行っていたら、新人の田中里桜(たなかりお)がそんなことを訊(き)いてきたのだ。

顔がにやけそうになるのを堪(こら)え、コホンと咳払(せきばら)いをして上司としての威厳を保つ。

「最近、食生活の改善をしているのよ」

「ええ、それだけですかあ？」

「それだけよ」

にっこりと微笑(ほほえ)み、トンとディスプレイを指さした。

「ここ、間違っているわよ」と容赦なく指摘する。

里桜はそばかすが散った顔を真っ青にして、じっと端末を凝視した。

間違いを見つけ「ああ……」とため息を漏らす。

「は、発売前の商品でよかった。お客様を旅先で迷わせるところでした」

がっくり肩を落として「どうして私はこうなんだろう」と落ち込んでいる。

苦い笑みをこぼし、ポンと肩を叩く。

「今気づけたんだから大丈夫よ。チェックは何重にもするように習慣づけなさい。人間は間違う生き物なんだからね、失敗を必要以上に悔やむ必要はないけれど、徐々に精度を上げていく努力は怠らないで。失敗も経験よ。新人のうちは気にせずドンドンやりなさい。私が責任持つから」

すると、里桜は目を潤ませて私を見つめた。

「わ、私、この店に配属になってよかったです！　マネージャーってば、仕事もできるしなんでも気がつくし新入社員にも優しい。完璧な上司ですね。憧れます……！」

なんの含みもないキラキラした眼差しから、そっと視線を外す。

「………。褒めてもなにも出ないわよ。無駄口叩いてないで早く直す！」

「は〜い」

必死な形相で画面に向かい始めた里桜をよそに、小さく苦笑をこぼした。

——完璧、ねえ……？

完璧な人間は、すっぴんジャージで幼馴染みと再会しないと思う。

仕事とプライベートの差を自覚している私は、ちょっぴり苦い思いを抱きながらも、先日の出来事に想い（おも）を馳せ（は）たのだった。

＊＊＊

あの日、王浩然（ワンハオラン）に偶然再会した私は、彼に誘われてある店を訪れた。

——カラン、カラン……。

扉につけられたドアベルが、小気味いい音を上げる。

さも当然のように扉を開けてくれたシャオランに曖昧に笑いかけ、ジャージの袖をギュッと握りしめて、そろそろと中に入っていった。

ちなみにシャオランというのはあだ名だ。同じ名字が多い中国では、相手をフルネームで呼ぶのが一般的で、特に親しい相手はあだ名で呼ぶ。彼は私よりもふたつ年下。そういう相手の場合は〝小（シャオ）〟を名前の一文字につけるのだ。

というわけで――「小然」で「シャオラン」。

シャオランは私を店の中に誘うと、カウンターの椅子を引いた。

恐る恐る椅子に腰掛け、隣の席にコンビニの袋を載せる。

「昼、まだなら食べていってよ」

「ええ？」

ちらりとコンビニの袋に視線を投げる。

……ご飯、買っちゃったんだけどな。

しかし、迷っている私へお構いなしに、シャオランはやや強引に話を決めてしまった。

「いいだろ。久しぶりに会ったんだから、積もる話もあるし。ね？」

「あ……うん」

シャオランは嬉しそうに微笑み「待っていて」と、カウンターの奥へと消えていった。

「…………」

押しの強さに面食らう。決断が早いというか、決めたら一直線というか……。

日本人男性にはあまり見られない行動力に感心しつつ、なんとなしに店内を眺めた。

ここは薬膳料理店「棗」。なんと、シャオランが経営しているレストランらしい。

と言ってもオープンは今週末。まだ準備中なのだそう。もともと喫茶店があった場所に居抜きで入ったそうで、席はカウンターとテーブル席が少しあるだけだ。綺麗にリノベーションされていて、喫茶店だった名残は感じられない。

天井近くにある高窓からは春の暖かい日差しが差し込んできている。木目調の家具で揃えられた店内のあちこちには観葉植物が飾られ、全体的に落ち着いた雰囲気だ。

飾り棚には、薬膳料理店らしくガラス瓶に入った乾物が並んでいた。

店名にもなっている真っ赤な乾燥棗。紅色が眩しいクコの実や、橙色の陳皮、クリーム色をした松の実や白キクラゲ……その他にも初めて見る乾物がずらり。どういう効能があるのだろうと眺めているだけで楽しい。

すると、シャオランがなにかを手に戻ってきた。

「よかったら記入してくれる？」

「記入……？」

それはアンケートだった。好みの味付け、アレルギーの有無や、苦手な食材の記入欄、最近気になる体調の項目などが並んでいる。

どういう意図があるのかわからず困惑していると、シャオランが教えてくれた。

「看板にあったように、うちは薬膳の店なんだよ。薬膳ってなんだかわかる？」

「……えっと、ああいう食材を入れた料理だよね？」

私が指さしたのは、店内にディスプレイされた乾物たちだ。

シャオランは「あながち間違いじゃないね」と笑った。

「ああいうのを生薬って言うんだよ。確かに生薬をたっぷり使った料理の方が〝薬膳っぽい〟ね。でも、必ずしも生薬を使う必要はないんだ。健康を維持し病気を未然に防ぐ。そのための食材ならすべてが薬膳の材料になりうる。うちは薬食同源をモットーに、美味しいご飯を食べながら、体調不良になるのを予防しようっていう店なんだ」

どうやら客の体調に合わせた料理を提供してくれるらしい。なんとも手がこんでいる。

「もちろん薬じゃないからね。劇的に体調がよくなったりはしないけど……個人情報はしっかり守るから、答えてくれると嬉しい」

「そうなんだ。薬膳ってすごそう。食べたことのない食材が入ってそうだし」

「そこは大丈夫……いや、期待に応えられなくてごめんって謝るべきなのかな」

シャオランは、生薬などの〝漢方らしい〟素材を多く使うつもりはないそうだ。

身土不二、という言葉がある。

もともと仏教用語で、明治時代の医師である石塚左玄が、その土地、その季節に採れる食べ物を摂取することが健康にいいとスローガンとして掲げた言葉だ。

「生薬って結構独特な風味があるんだ。薬っぽかったりしてね。日本には日本の食文化がある。体によさそうだけど、舌に合わない食材を食べ続けるより、地元で簡単に手に入る食材と慣れた味で健康になれれば一番だろ？」

「へえ……！　ってことは、和食も出るの？」

「中華・和食・フレンチ・イタリアン、日本人の舌に合わせてなんでも出すよ。こう見えて、若い頃からいろんなレストランで修業してきたんだ」

――なるほど……！

薬膳料理店と聞くと敷居が高く感じられる。日本人にはさほど馴染みがないからだ。そこへ更に、食べ慣れない味の料理が出てくるとなれば足が遠のくに違いない。そんな日本人の事情を慮っての選択なのだ。店を出す前にしっかりリサーチしてきたのが窺える。

――薬食同源かあ。運動以外にも、健康になるための方法はあるんだな。

なんとなく、体を動かすことこそ健やかな生活の最低条件なのだと思っていた。仕事が終わると精根尽き果ててしまう私のようなタイプは、いかに体のためといえど運動なんて億劫で仕方がない。いや、やろうと思えばできるのだろうが――

――ジムとか、プールとか。ハードルが高いんだよなあ。

私にとってジャージは運動するための服じゃない。部屋着である。

「んふっ」

「百花？」

「……ゴホン。な、なんでもない」

笑いそうになって、必死に咳払いをして誤魔化す。

そしてしみじみと思った。

――生命活動する上で必要不可欠な食事で健康になれるなんて最高じゃないか。

徐々にテンションが上がってきた私は、さっそくアンケートに記入していった。

食物アレルギーなし。花粉症あり。体のだるさ、冷え性、目の疲れ、むくみ……なんてことをつらつらと書き込んでいく。

「ふう、こんなものかな」

最後まで書き終わって、改めてアンケートを見直す。

すると、あまりにも該当項目が多くて呆れてしまった。

――あんまり自覚なかったけど、もしかして私、結構お疲れなのでは。

やはりどうあがいてもアラサーだ。二十代前半に比べると体にガタが来始めている。メンテナンスしないといろいろ手遅れになりそうな予感。

ひやりとしていると、私の手もとをシャオランが覗き込んできた。

「書けた？」

剝きたてのゆで卵のような肌が間近に迫り、思わず変な声が出た。彼は私とふたつしか違わないはず。だのにシャオランは見るからに健康そうで、己の肌との違いに愕然としてしまった。

「おうふ」

「まさかこれが薬膳パワー……!?」

「いや、なにを言い出すの」

「だってシャオランは毎日薬膳を食べてるんでしょう?」

「そりゃそうだけど」

「ひえ〜。だからこんなにお肌が綺麗なのね! やだ、羨ましい……」

ついでに整いすぎた顔面がやたら眩しい。思わず目を細めていれば「そんなことないよ」とシャオランは笑いながらアンケートを受け取った。

素早く紙面に視線を滑らせ、小さく頷く。

「じゃあ準備してくる。お客様、少々お待ちくださいませ」

そして、私をにこやかに見つめると――

「とびっきり美味しいの作ってあげるから。楽しみにしてて」

――パチリ。

気障っぽく片目を瞑ったシャオランは、軽い足取りで店の奥へと入っていった。

「……おお」

私は小さく声を上げると、しばらくシャオランが消えた方向をぼうっと眺めた。

数分後——おもむろに手を合わせる。

「……ありがたや」

美形のウィンク。しかも、生。滅多にお目にかかれない貴重なものである。

なぜだろう。お寺で国宝の仏像を見た時のような厳かな気持ちに！

——ああ、ちょっと健康になれた気がするわ……。

そう思った瞬間であった。


「棗」はカウンターの奥がキッチンになっている。テーブル席以外の客は直に調理光景が見られる造りで、ライブ感があっていいでしょとシャオランは語った。

そこで今まさに私のための調理が始まろうとしている。さすがはプロだ。準備に迷いがない。捲った袖から覗く腕のたくましさと言ったら——うむ、眼福眼福。

「なにを食べさせてくれるの？」

調理光景を眺めながら訊ねれば、シャオランは笑顔で答えてくれた。

「いろいろ症状があるみたいだけど、主訴は春になってどことなく調子が悪い。体が重だるくて起きるのが辛い……かなって思ったんだ」

「うん」

「なら、手始めはこれ」

そう言って、シャオランがカウンターの上に置いたのは、ざるに載ったハマグリだ。

「これで、春を迎えるためのスープを作るよ」

スープパンに水と砂抜きしたハマグリを入れる。鍋を火にかけている間に彼が冷蔵庫から持ち出したのは――セロリと白ネギだ。

「ネギはともかく、セロリ？」

びっくりして訊ねれば、シャオランが笑って言った。

「ミネストローネとかにも入ってるだろ？」

「そうなんだけどね。なんとなくサラダに使うイメージだったから」

「セロリの香りは〝気〟を巡らせるんだ。繊維質が豊富でデトックス効果もある。春は冬の間に溜め込んだ老廃物なんかで〝気〟が滞る。それを解決してくれるんだ」

「〝気〟？」

「〝気〟はね、生命エネルギーのこと。人間の体を構成する三つの要素のうちのひとつさ」

どうやら〝気〟とやらが滞るので、春はだるくなるらしい。

ほお……と感心していれば、スープパンからクックッと小気味いい音が聞こえてきた。

シャオランは素早くセロリから筋を取る。

三センチほどの長さに切ると、白ネギと共に細切りにしていった。

――トトトトト……。

「おお。すごい。正確！　さすがプロ！　まるでセロリが糸のようだ！」

「照れるからやめて」

大げさな褒め言葉に、シャオランはほんのり頬を染めている。

「そういえば、昔からシャオランってご飯作るのが好きだったよね。懐かしい」

幼馴染み（おさななじみ）として彼と過ごせたのは小学六年生までだ。

家が隣だったシャオランとは放課後よく遊んだっけ。

当時を懐かしんでいれば、シャオランがくすりと笑った。

「誰かさんが、なんでもペロッと平らげてくれたからね。作りがいがあったよ」

「ウッ！　人を食い意地張ってるみたいに――って否定しないけど」

「アハハ！　百花ったら。職場でもこうなの？　みんなに好かれてるんだろうね」

「いや、これはプライベートモードの時だけ。職場では頼れるマネージャーなんだから」

日々を快適に過ごすため、私はオンオフをきっちり分けると決めている。

仕事にはいつだって全力で臨む。いつでも仕事モードでは疲れてしまうから、オフの時はひたすらゆるゆるで過ごす。それが私なりの健康の秘訣だ。

調理を眺めながら雑談していると、とんでもなくいい匂いが鍋から漂ってきた。じわっとよだれが染みだしてくる。うまみを感じる匂いだ。嗅覚だけじゃない、耳だって楽しい。トントンとリズムよく刻まれる包丁の音。お湯が静かに沸騰する音……。

……あ、なんだか落ち着く。

ぐうとお腹が悲鳴を上げる。そういえば朝からなにも食べていなかったなあ。

どんな美味しいご飯が出てくるのだろう。期待をこめてシャオランを見つめていれば、

「そろそろよさそうだね」

サッとシャオランが鍋の蓋を開けた。

立ち上がって鍋の中身を覗き込む。あまりの絶景に目を輝かせた。

「うわあ！　美味しそう……！」

ほんのり白濁したスープの中で大ぶりの身を露わにしたハマグリたち。ぱかんと開いた貝から、スープに大量のうまみが溶け出しているのがわかる。ふっくらしたハマグリの身はクリーム色で、実に食べ応えがありそうだ。期待値がドンドン上がっていく。

次にシャオランは、鍋の中にセロリと白ネギを入れてクツクツと煮込んでいった。

最後に酒、塩、淡口醤油で味付けすれば、スープが鮮やかに変身を遂げた。

手慣れた様子で趣味のいい皿へ盛り付け——それを私の前に置いた。

「——はい。おまちどおさま。これが春を迎えるためのスープだよ」

ほかあと皿から白い湯気が上っている。

金色の海に泳ぐ大きなハマグリ。煮込まれたセロリやネギは柔らかそうだ。ときおり青々とした匂いが混じるのはセロリだろうか？〝気〟を巡らせてくれるというセロリの香り。その効果はいかほどだろうか——

こくりと唾を飲み込んで、そっと手を合わせる。

「……いただきます」

小さく呟けば、シャオランはどうぞと頷いてくれた。

まずはスープから。銀の匙を差し込めば、くるくると黄金の渦が生まれる。

ドキドキしながらスープを口に流し込むと——

「ん！　美味し！」

じん、と舌先にハマグリのうまみが染みて、思わず声を上げてしまった。

なんて優しい味だろう！　塩分控えめなぶん、ハマグリの味が際立っている。喉を通り過ぎたスープが優しく体に染みる感覚。じわじわと多幸感が広がっていく。

――なによりも印象的なのは、鼻を通り過ぎていったふくよかな香り……！

ハマグリのほんのり甘い匂いの陰に、セロリの爽やかな匂いがひっそりと隠れている。香味野菜なだけに存在を主張しそうなのに、ハマグリの匂いを決して邪魔しない慎ましさ。

ホッと心が解れる感じがする。温かなお湯に体を浸した瞬間のような……スープを飲み込んだ後も、余韻をずっと噛みしめていたい。そんな感じ。

――ああ、好き。これ大好き……！

勢いに乗った私は、スプーンにハマグリをひとつ載せた。

なにせハマグリ君がさっきから私を誘惑していたのである。

なんて魅惑的な誘い。なら乗らにゃあ女が廃るってもんでしょう！

いざ尋常に勝負――……！

「あち、あち……」

苦労しながら、大きな貝の端っこを指で摘まむ。ポタポタ黄金色のスープが滴るなか、貝の端に口を近づけて――前歯で身をこそぎ取った。

――ぷりっぷり！

口にした瞬間、顔全体が緩む。

ぷりんと歯をハマグリの身が弾いた。かと思えば、とろりと柔らかい部分に行き当たる。じっくり煮込んであるはずなのに身は少しも硬くない。濃厚な貝のうまみ、甘みが口に広がっていき、ついニコニコしてしまった。

「ああ～……。最高」

こうなるともう止まらない。

私はスプーンを握り直すと、スープ皿に全力で襲いかかった。

黄金色の海を喉の奥に流し込み、セロリの香りを満喫する。ハマグリの身を次々と口にして、シャオランが用意してくれた殻入れに積んでいった。殻のタワーが徐々に高くなると、そこはかとない満足感に包まれてにっこりする。

……こうして、私という狩人（かりゅうど）に襲われたスープ皿は、見る間に底を露わにした。

もう降参と言わんばかりのそれを、とどめとばかりに手で傾ける。スプーンで掬（すく）える限界に挑み、最後の一滴を飲み干して――ほう、と息を吐き出した。

「美味（おい）しかったあ……」

素直な気持ちを言葉に乗せる。

すると、やけに近くから楽しそうな声が聞こえた。

「そう？　よかった」

シャオランだ。彼は必死に笑うのを堪えているようだった。

「あっ……！」

――彼がいたのを忘れてた！

慌てて居住まいを正す。ゴホンと咳払いをして言った。

「お、美味しかったです」

……しかし、時はすでに遅し。

「ブフッ」

シャオランは、肩を揺らして笑い出してしまった。更には、徐々に笑いが大きくなっていき、床にしゃがみ込んで震え始めたではないか。

あああああ！　とんだ姿を見られてしまった！

「だって、朝からなにも食べてなかったから!!」

恥ずかしさに悶えつつも苦しい言い訳をする。だが、アラサー女性にあるまじき凄まじい食欲を見せた事実からは逃れられるわけもなく。

「あっははは！　百花は、本当に変わらない！　小学校の頃のままだ」

「か、変わらない!?　待って、さすがに小学生の頃よりかは成長してるってば！」

「いや……プッ、ククク……大丈夫、変わってない。懐かしいな。百花の十歳の誕生日会の時のこと覚えてる？　俺が作った唐揚げがあんまりにも美味しくて、百花ひとりで食べちゃったんだ。あの時も脇目も振らず食べてたなあ……」

「え、えええ？　そんなの忘れちゃったわよ!!」

——何年前の話をしてるわけ!?

年甲斐もなく真っ赤になると、椅子から立ち上がって猛抗議をした。

シャオランは、別な意味で顔を赤くして大笑いしている。

——失敗した……。

しょんぼり肩を落としてカウンターに突っ伏す。

十数年ぶりに再会した幼馴染みの前でなにをしているのか。

——お互い大人になったねって、しみじみ語るもんでしょ、普通は……！

すん、と真顔になる。どんなに取り繕ったって手遅れ感がすごい。開き直った方がダメージが少ないかもしれない。

「……むっ」

とはいえ、恥ずかしいことには変わりないのだ。思わず渋い顔になっていれば、笑いが収まったらしいシャオランが小首を傾げて言った。

「どうして恥ずかしがる必要があるの？　澄ましてばかりで、味を理解してるかわからない人よりも、俺は百花みたいな人が好きだよ。——今も、昔もね」

「…………」

優しい色を湛えた瞳に見つめられて、なんだかお尻がムズムズしてきた。

——子ども時代を知られてるんだから、気にしても仕方がないか。

私は苦笑を浮かべ「ありがとう」とお礼を言った。

そしてつくづく実感した。

シャオランの圧倒的な光属性感。イケメン強い。

後光が差すくらいの方が人生お得なのかも。私も見習った方がいいかもしれない。

「……なんで拝むの？」

「はっ!? つい……！」

ハハハと乾いた笑いを浮かべ、サッとシャオランから視線を逸らす。

——私、短い間に、いろいろやらかし過ぎじゃないだろうか。

横目でちらりとシャオランを覗き見る。

お肌ピチピチな超イケメン。眩いほどの美形に育ったシャオラン。

対して仕事一直線で〝干物〟な私——

——幼馴染みで、どうしてこんなに差が出たのだろう。やはり薬膳。薬膳パワーなのか。

私は遠くを見ると、深く嘆息したのだった。

「……まあ、それは置いておいて」

深く考えてもしょうがない。私は話題を切り替えることにした。

空になったスープ皿に視線を落とし、自分の体のうちに意識を向ける。

温かいスープのおかげか、芯の部分がポカポカしていてうっすら汗をかいている。

気持ちいい汗だ。不快感はまったくない。

「これが薬膳スープなんだね」

ちら、と隣の空席に置いたコンビニの袋に視線を向ける。白い袋の中から、昼食と夕食にと買った品々が顔を覗かせていた。

昨今のコンビニご飯は捨てたものじゃない。けど、食べながら罪悪感を感じる時がある。

理由はわかっている。きっと〝ジャンクっぽさ〟が拭えないからだ。

それに比べ、シャオランの作ったスープは体にいい感じがひしひしした。

こういう料理が、健康に生きるために必要なものなのだと確信する。

「シャオラン、お世辞抜きに美味しかった。素材の栄養がじんわり沁みてく感じ。体が温まってすごくいいね。確かに薬と違って即効性はないのかもしれないけど、食べ続けたいって自然に思えたよ」

私の言葉に、シャオランは嬉しそうに頷いた。

「だろ？　〝気〟の流れを整え、不眠やイライラを和らげるスープなんだ」

「〝気〟の流れを整えるの？」

「そう。五行説って知ってるかい？」

シャオランいわく「五行説」とは漢方の考え方のひとつ。

自然界に存在するものを五つの要素の相関関係にあてはめ、それがバランスよく調和している状態をよしとする考え方だ。

「五行説では体の機能を〝肝・心・脾・肺・腎〟の五系統で考える。これを〝五臓〟って呼ぶんだ」

「……ごぞう。それで？」

「春になって暖かくなると、人間の体は冬の間に溜め込んだ毒素を解毒しようとするんだ。毒素を分解する担当は〝肝〟なんだけど、人と同じで働きすぎると疲れてくるんだね。ちなみに〝肝〟は〝気〟を司る部分でもある。疲れた〝肝〟の影響で〝気〟が滞るってわけさ。〝気〟が滞ると、自律神経がおかしくなったり、情緒不安定になったり、様々な不調を引き起こす。春の倦怠感の原因もおおむねこれだ」

「…………ほー」

なんというか。

――いろんな考え方を基に、いろいろやってるんだなあ。

しみじみ感心する。〝五性〟では、セロリとハマグリは体を冷やす食材だから、体温を上げる食材である白ネギを入れたとか云々。様々な要素が絡んでいるらしい。

「組み合わせが大事なんだよ。薬膳ってよく考えられているよね」

「へえ」

薬膳について語るシャオランはとても楽しそうだ。

シャオランは昔から凝り性で、興味が向いた分野なら分厚い本であっても嬉々として内容を暗記するタイプだった。当時は確か恐竜にハマっていて、真夏の灼熱のベンチで延々と海竜の牙の特徴について語ってたっけ。

幼馴染みの私も、彼の話によく付き合わされた。といってもイヤイヤではない。シャオランの話はいつだって私の好奇心をくすぐってくれた。ふたりで額を合わせながら図鑑と睨めっこしていたあの頃が本当に懐かしい。

――こういうところは変わらないな。

「百花？」

当時の思い出にぼんやり想いを馳せていると、シャオランが顔を覗き込んできた。

「ごめんごめん。話が長かったかな。俺の悪い癖だね。昔から、百花は黙って話を聞いてくれるから話しすぎちゃうんだよな」

何度か目を瞬く。ニッと歯を見せて笑って「ぜんぜん!」と手をひらひら振った。

「シャオランの話を聞くの好きだよ。楽しいんだろうなってわかるもの。よかったねえ。好きなことを仕事にしたんだね。すごいなあ。シャオランはすごい」

手放しで褒めれば、パッとシャオランの頬が色づいた。

少しだけ視線を宙に泳がせ、照れくさそうに首を掻く。

「……まいったな。そういうこと言うから、百花にはたくさん話したくなるんだよ。いつも、なんの役にも立たなそうな俺の話に耳を傾けてくれるから」

「薬膳は仕事の一環じゃないの? ……あ、子どもの頃ハマってた恐竜の話?」

「そう。うちの父親は、将来の役に立たなそうな知識に関しては完全否定だったからね」

シャオランの父親は実業家だったはずだ。日本にいた頃はあまり仕事が上手くいかなくて、いつもどこか切羽詰まっていた印象がある。だから子どもへの当たりも強かった。シャオランは幼い頃から優秀で、親の期待値が高かったせいもあるんだろうけど……。

「父親と違って百花はいつだって俺を認めてくれた。それに何度救われたことか」

ぽつりとシャオランが呟く。どうも様子がおかしい。

「シャオラン？」

そっと声をかければ、彼は曖昧な笑みを浮かべた。

どうしたのかな。なにか悩みでもあるのだろうか——？

少し戸惑いながらも話を元に戻す。

再会したばかりで、あまり踏み込んだ話をするのも変な気がしたからだ。

「シャオラン、今日はご馳走してくれてありがとう。薬膳はいろんな要素が絡み合って病を防ぐんだってよくわかったよ」

同時に、私みたいなタイプにはいろいろな要素を踏まえて食材を選び、適切な調理法で料理するなんて無理だろうと思った。普段からコンビニ飯に頼るような私だ。健康にいい食事に憧れはするけれど……。

「こういう食事を毎日食べられたら素敵だなって思った。実践するのはちょっと難しいかなって感じだけどね。だから、レストランで食べられるなんて最高。きっとお店がオープンしたら繁盛するよ！　今度はお客として来るね」

嘘偽りのない心からの言葉。瞬間、シャオランの瞳がキラリと輝いた。

「毎日？　……へえ。そうなんだ」

意味ありげに呟き、カウンター越しに体を乗り出してくる。

「ふぇっ」

整った顔が突然近づいてきて、間抜けな声を上げてのけぞった。

薄々感じていたけど、幼馴染みとはいえ距離が近すぎる気がする。

向こうの国では普通なのかな？　……そんな話、聞いたことないけれど。

――ウッ！　眩しい。きらきらしくて目が潰れそう。

勘弁しておくれ。〝干物〟な私には、君の存在は瑞々しすぎるのだよ……！

ひとり戸惑っていると――

「ねえ、百花」

興奮気味に頬を染めた幼馴染みが、とんでもないことを言い出した。

「薬膳を実践するのは難しいって言ったね。だったら、俺が丹精こめて作るよ。百花のためならなんでもする。だからさ――よかったら、俺のご飯……毎日食べてみない？」

そっと私の手を握ったシャオランは、熱で潤んだ瞳でじいと私を見つめた。

「俺、百花に食べてほしいんだ……」

「……へ？」

熱い吐息と共に吐き出されたその言葉は、やけに色っぽくて。

プロポーズみたいだなあなんて、ぼんやりと思った。

「うっ」

……頭がクラクラして、顔が熱い。

「も、百花!?」

勢いよくカウンターに突っ伏す。困惑したシャオランの声が店内に響いていった。

＊＊＊

「まさか、試食のお誘いだとは思わなかったよね……」

仕事終わり。店の更衣室で、苦笑しながら制服のボタンを外す。

「マネージャー、お疲れ様でした～」

「はい、お疲れ様」

はしゃいだ声を上げて更衣室を出て行く後輩たちを見送り、ため息をこぼす。

あの後、意識を取り戻した私に、シャオランはこんなことを提案してきたのだ。

『実は日本人の好む味付けを知りたくて、率直な意見をくれる人を探してたんだ』

私の都合のいい日……つまり好きな日に薬膳料理の試食をする代わりに食事代は無料。

もちろん毎日でもいい。しかも、アンケートに協力する代わりに食事代は無料。

どうだい？　なんてキラースマイルで言われて、私は一も二もなく引き受けた。

だって食事代が浮くのよ？　しかも何食でもいいとか……！　今の時代、将来なにがあるかなんてわからない。少しでも蓄えておくべきだ。

それに薬膳料理をそんなに食べたら……。

「……うっふふ……どうしよう。健康になってしまう」

――いや、健康になるのはぜんぜん構わないんだけども。

緩みきった顔を引き締めて着替えを終えた。その時、声をかけてきたのは里桜だ。

「マネージャー！　駅前に豚骨ラーメン屋さんができたんです。一緒に行きません？」

「豚骨……」

「あ、カロリーが気になってる系ですか？　大丈夫です、ラーメンは細長いので実質カロリーゼロなんですよ……！」

「どこの芸人のネタだったっけ……って、そうじゃなくって」

「むう……。仕事終わりのご褒美ですよ、いいじゃないですかあ。行きましょうよ！」

「ごめんね。正直、豚骨ラーメンに惹かれないわけじゃないんだけど……」

今日はシャオランの店に行くのだ。私を待っているのはもちろん美味（おい）しい薬膳料理。

「また今度ね」と里桜に挨拶をして、颯爽（さっそう）と更衣室を後にする。

店を出てなんとなく立ち止まる。春の冷たい夜風が頬を撫（な）でていった。

今晩は雲ひとつない。都会だからそれほど星は見えない。それでもチカチカと瞬く星を眺めるのは心躍る。最近までは仕事で疲れ切っていて、空を見上げる余裕なんてなかった。

だけど、今は——

「さって、健康になりに行きますか！」

私は明るい調子で呟き、軽い足取りで夜の町に一歩踏み出したのだった。

二皿目　五月病に　心を潤す薬膳定食

あの日から私はシャオランの店に何度も通った。

仕事が終わったら夕食を食べに行き、のんびり話をしてから帰る。休みの日はランチを食べに行ったり……と、私は薬膳料理を満喫していた。

——前よりも健康になったか？

いやはや、それがすごいのなんのって。

朝の目覚めが快適になった気もするし、お通じがよくなった気もする。

春になってから感じていただるさはなくなったし！　実に快適な毎日を送っている。

シャオランに言ったら「そんな劇的な効果はない」って苦笑いしていたけどね。

たとえそうだったとしても、実際、私自身が体調のよさを自覚しているのだからいいんじゃないだろうか。美味しいご飯で健康。……うん、最高！

シャオランいわく、薬膳は〝漢方〟に含まれる。

〝漢方〟は〝未病〟が悪化して病気になるのを、薬膳、気功、按摩、鍼灸、養生法などで防ごうという発想だ。

〝未病〟とは、病気とまでは呼べないがなんとなく感じる不調のこと。

思い返してみれば〝未病〟ぽい症状には覚えがある。いや、覚えがありすぎる。

私ってば、知らないうちに〝未病〟を発症していたらしい……。

ならば今の状態は悪くない。特に不調も感じておらず、もちろん病気でもない。

薬膳料理とは、そういう状態を保つための美味しいご飯だと私は理解した。

干物な自分にとってはありがたい。このままシャオランの店で美味しい薬膳料理を食べ続ければ、人生に更なる潤いが加わるだろうとワクワクしていたのだけれど――

「なあん」

耳もとで飼い猫のシロが甘えた声を上げている。

続いて二の腕を何度も押される感触。おそらくシロが前足でふみふみしているのだ。

お腹が空いたのだろう。ゴロゴロと喉を鳴らして必死にアピールしている。

しかし、私はなかなか動けないでいた。

「……飲み過ぎた……」

ぼそりと呟くと、強烈な胸やけ。

昨日の晩は店舗間交流会だった。酔っ払ったエリアマネージャーに連れ回されて、三次会まで行ったせいだろう。最後の店で飲んだカルアミルクがとどめになったに違いない。甘い甘いカクテルは、飲みやすさとは裏腹に非常にアルコール度数が高い。

「エリマネが無理矢理飲ませるから……。あああ、やっぱり居酒屋はひとりに限る」

ブツブツ文句を言いながら、枕元のスマホを確認する。

もうすぐ六時半だ。そろそろ支度をしなければ。今日も仕事だ。

実家からほど近い場所に部屋を借りてしばらく経つ。ひとり暮らしは気ままで楽だが、こういう時は不便だ。

ノロノロとベッドから起き上がり、猫のご飯を用意してから洗面所へと向かう。冷たい水で顔を洗い終えると、幾分か気分がマシになった。

「うっ、むくんでる」

鏡の中の自分にげんなりして、パシャパシャとおざなりに化粧水を塗る。

なんだか非常に残念な己の顔にため息をこぼして、遠くを見た。

「……ご飯、作りたくない……食欲もない……食べる気力がない……」

というか、最低限生きるための活動以外のことをしたくない。

「〝未病〟どころの話じゃないわ。完全なる二日酔いじゃないの……。ウッ」

エリマネへの恨みを募らせつつ、いっそ朝食を抜いてやろうかとも思う。

——でも、食べなくちゃエネルギー切れで苦しむだろうし。

私の仕事は客次第なところがある。接客が長引けば昼休みがずれ込むなんてままあるのだ。特にマネージャーになってからは若い子たちの休憩を優先させていた。朝ご飯をしっかり取らなければ後々後悔するだろう。

世間はまさにGW。店頭が混み合うのは間違いない。

マネージャーである私がへたってなんていられないのだ……！

「まったく。こういう時のために溜め込んだ贅肉(ぜいにく)でしょうが。ご主人様のピンチだぞ。その身を今こそ捧(ささ)げるんだ」

ムニッとお腹の肉を摘まむが、柔らかな贅肉は沈黙したままで「合点承知！」と己を犠牲にする様子はまるでない。

「贅肉を消費するタイミングを選べたらいいのに」

——そうしたら面倒な時はご飯を食べなくていいし、贅肉がついても罪悪感がない。

「やだ。私、天才じゃない？」

プッと小さく噴き出すも、胸やけに負けて顔をしかめた。

「……はあ。馬鹿言ってる場合じゃないや。ご飯どうしよう」

――出勤途中で喫茶店でも寄る？　でもなあ……。

部屋に戻った私は、じっとスマホを見つめた。おもむろにチャットアプリを起動する。

画面には、最近再会したばかりの幼馴染み(おさななじ)の名前が表示されていた。


「棗(なつめ)」の扉を開けると、カランコロンとドアベルが大きく騒いだ。

耳の奥でガンガンと音が反響している。

頭痛を堪えながら入店すれば、やけに上機嫌な幼馴染みに出迎えられた。

「おはよう！」

「うっ。おはよ……」

「仕事の付き合いで飲み過ぎたんだって？　お疲れ様」

――朝から顔がいい……。

今日のシャオランの出で立ち(いでた)は、白いシャツにカーディガン、スラックス。

シンプルなのにやけに決まっている。似たようなデザインの服ならファストファッションの店で揃(そろ)えられそうなのに、ほのかに漂う高級感。なんだこれは。

だがしかし！　今日の私は仕事モードである。オフィスカジュアルに身を包んだ私は、普段のすっぴんジャージよりも攻撃力があるはずだ……ってなにを対抗しているのか。

二日酔いのせいか思考が明後日に行きがちだ。フラフラしながらカウンター席へ腰掛ける。シャオランは、私の前に水を置いて言った。

「もうできているよ。持ってくるから座っていて」

「うん……朝早くからごめん」

「気にしないで。頼ってくれて嬉しい。それに、仕込みのためにいつも朝食は店で摂っているんだ。これからも気が向いたら声をかけてくれていいんだよ」

そう言い残して奥に消えていったシャオランを見送り、カウンターに座ってぼんやりする。そして、彼の優しさにしみじみと感じ入った。

――そう、二日酔いでまいっていた私はシャオランに助けを求めた。

こんな最悪な体調も薬膳でなんとかなるのではないかと考えたのだ。

正直、甘え過ぎかなとは思う。大人としてどうなのかとも。

けれど、そんな私のわがままを幼馴染みは快く引き受けてくれた。

――本当、シャオランっていい奴……！

試食し放題の件といい、朝から食事を作ってくれることといい……。徳の高さに驚きを隠せない。私が神様だったら来世は石油王に生まれ変わらせるに違いない。

「いや、石油王て」

フフッと小さく噴き出して、途端に襲ってきた頭痛に顔をしかめる。

指でこめかみを解して（ほぐ）いれば、なんとも優しい匂いが鼻をくすぐった。

酸味と甘みが混じった匂いだ。ノロノロと顔を上げると、カウンターに湯気が立ち上った皿が置かれる。深皿の中を覗き込め（のぞ）ば——お粥（かゆ）が入っているのがわかった。

——ああ。二日酔いにはありがたい！

「はい、レンゲ」

「ありがと」

レンゲを受け取るとシャオランは私の隣に座った。

隣の席にはシャオランのぶんの朝食も用意されている。しかし、彼は食事に手をつけようとはせずに、なぜか私の様子をじっと見つめていた。

「な、なに……？」

「いや別に。食べなよ。冷めちゃうよ」

「……？」

少し不思議に思いながらも、レンゲをゆっくりと粥の中に沈めていった。

真っ白な粥の中に、細かく刻んだ黄色い食材が入っている。実はそれの正体には薄々感づいていた。嗅いだことのある特徴的な匂いを放っていたからだ。

——それは柚子(ゆず)の皮。胸がスッとするような爽やかな香りがする。

酸味が強すぎず、かといって甘くない柚子の匂いは、弱った胃を優しく刺激してくれ、これなら食べられそうだと二日酔いで萎(しぼ)んだメンタルを奮い立たせてくれた。

それとは別に、もうひとつなにか具材が入っているのが見える。

賽(さい)の目(め)状にカットされた白い野菜だ。じっくり炊いてあるのか、崩れかけるほど柔らかくなっている。おそらく根菜だろうが、カブか大根か判断がつかない。

期待に胸を高鳴らせながら、ふうふう冷ましてからレンゲに口をつける。

粥が口の中に流れ込んできた瞬間、私は思わず表情を和らげた。

「優しい……」

まるで思いやりの塊だ。

丁寧に引いた鰹出汁(かつおだし)。じっくり炊いたお粥。ねっとりとした食感。

お米の甘さに混じってわずかに感じる酸味は柚子果汁だ。私の疲れ切った胃腸に一切の負担を強いることなく、優しく体に染みこんでいく。

そして例の白い根菜。これは……！

「……大根？」

「そうだよ、よくわかったね」

「当たった！」

嬉しくなってもうひとくち。出汁の風味を生かすためか最低限しか入っていない塩気。うまみを楽しみながら味わっていると、柔らかな甘みに出会う。

それが大根だ。くどくない自然な甘み。噛みしめると舌に少しだけ繊維を感じる。

淡泊な味のお粥は食べ続けると飽きてくる。だからお漬物なんかを添えるのが普通だけど、お酒でむくんだ体に塩分は避けたいものだ。

その点、このお粥は食べ飽きない！　ふと行き会う大根の食感や風味がアクセントとなって、胃腸が弱っているのを忘れさせてくれるのだ。

「はあ……美味しい。お腹が癒やされてく」

ほわほわと胃を中心に体が温まっていった。熱が徐々に広がる感触。陽だまりの中でうたた寝をしているような心地よさがある。

「あ～～～。幸せ！」

朝から体を苛んでいた不快感が和らいで、思わず本音をこぼす。

食べ進めていくうちに、じんわりと体中から汗が噴き出してきた。毒素が体から流れ出していってる感じ。さすがシャオランのご飯！　私は素直な気持ちをそのまま口にした。

「シャオラン、美味しいよ！」

「………。そっか」

シャオランは自分ではひとくちも食べることなく、私を見つめていた。

そうしながら指先で腕を擦っている。まるで大切なものに触れているみたいに、何度も何度も指先が腕のある部分を往復していた。

そこには牡丹のタトゥーがあったはずだ。なにか思い入れがあるのだろうか？

「どしたの？　食べなよ」

「あ、ああ」

「人の顔をジロジロ見て。変なシャオラン」

思わず苦笑すると、シャオランはほんのり頬を染めた。

「ごめんごめん。本当に美味しそうに食べるなあって。俺、百花が食べる姿を眺めるのが好きみたいだ」

キョトンとして目を瞬く。

あらまあ、なんとも変わった趣味をお持ちで。

「……そうなんだ？　まあ、好きなだけ眺めればいいよ。こちとらご飯をご馳走になってるんだし、どうぞ、どうぞ！　あ、写真を撮る場合は有料で。なんちゃって」

冗談交じりに戯(おど)けて、ついでにシャオランにいつもの解説をねだる。

「……まったく。百花はどうしていつもこうなのかなあ」

ぼそりと小さくぼやいたシャオランは、咳払(せきばら)いをしてから粥について教えてくれた。

「アルコールは〝肝〟の相克に当たる〝辛味〟なんだ。だから飲み過ぎると〝肝〟が弱る。それを補うためのお粥。柚子は〝五行説〟における〝五味〟でいう〝酸味〟。〝酸味〟は肝臓を保護してくれて、アルコールの分解を助けるんだ。ほら、よく柑橘類(かんきつるい)を搾ったお酒があるだろう？　グレープフルーツやレモン……〝酸味〟の食材を使ったお酒は、薬膳的に理にかなった組み合わせなんだよ」

「へえ〜〜！」

「ついでに大根は消化酵素が豊富だから疲れた胃に優しい。今日の粥はそういうこと」

「なるほど！」

粥ひとつとっても、いろいろ考えて作っているのだなあとしみじみ感心する。

「やっぱりシャオランはすごいね」

笑って皿に向かい合う。説明を聞いたら食欲がモリモリ湧いてきた。

二日酔いだった事実を忘却の彼方(かなた)へ追いやり、勢いよく皿に襲いかかる。

「はあ……！　美味しかった。ごちそうさま！」

パン！　と勢いよく手を合わせ満足げに息を吐く。

シャオランを見ると、彼もちょうど食べ終わった頃だった。

温かいお粥を食べたせいか、ほんのりとシャオランの頬が上気している。私を見る瞳が優しげなのは、二日酔いから復帰しつつあるのを喜んでくれているからだろう。

時計を確認すると、店を出るとちょうどいい頃合いだ。

「そろそろ行くね」

「うん……」

シャオランは、なぜかぼうっと私を見つめて気もそぞろだ。

私はニッと笑みを浮かべ「またね」と声をかけた。

「んーっ！」

店を出て、思い切り背伸びをする。二日酔いの影響はすっかり落ち着いたようだ。

今日は花曇り。薄日が照らす春の日差しはほどよく暖かい。とはいえ暦の上ではすでに立夏。しかし世間はまだまだ春の余韻を残したままだ。

「よし、今日も頑張ろう……！」

私は気合いを入れ、職場へ向けて一歩踏み出したのだった。

ＧＷの旅行会社の店頭は戦場と化す。なにせ夏季休暇旅行の受注が始まるからだ。

店頭のパンフレットも夏を思わせる商品にがらりと切り替わり、人気の冊子はすぐになくなってしまうため補充に忙しい。まだまだ夏休みまでは余裕があるからか話を聞きに来るだけのお客様も多く、雑談交じりの接客はだいたいが長引くのだ。

そういう時こそ、マネージャーの腕の見せ所である。

「お客様、こちら以前にうちの社員が旅行した際のモデルコースなんですが、ぜひ参考にどうぞ。観光地を網羅してますから計画を立てやすいかと」

「去年のハワイはいかがでしたか？　今年の行き先はお決まりですか？　前回、ビーチリゾートはマンネリ気味だとおっしゃっていましたよね。では、目先を変えてスイスなどはいかがです？　ちょうど高山植物が見頃でベストシーズンです！」

「ビジネスクラスは軒並み満席なので、取り消し待ちをいくつかつけておいて、いちおう他の旅行先も検討しておきましょう。航空会社の営業さんにプッシュしてみますから」

サクサクと手際よく捌（さば）いていく。面倒なタイプのお客様に新人社員が当たりそうになればさりげなく変わってあげる。手が空いた社員から容赦なく昼休憩に出す。

目が回る忙しさだったが、三時も過ぎるとようやく落ち着いてきた。

片付けられなかったパンフレットでも戻してくるかと席を立てば、急にふたりの後輩社員に拉致され、バックヤードに引きずり込まれてしまった。

「わ、ちょっとどうしたの、あなたたち」

「マネージャー！　休憩まだですよね？　後は私たちがやります！」

「そうですよ。昨日エリマネに連れ回されて深夜まで飲んでたそうじゃないですか。無理したら駄目です、休んでください！　夏の商戦は始まったばっかりですよ。マネージャーに倒れられたら困ります」

すでに休憩を終えて英気を養った社員たちは、どんと胸を叩いて言った。

「マネージャーが仕事できるのは知ってますけど、ちゃんと私たちを頼ってくださいね。手塩にかけて育ててもらったんですから、これくらい任せておいてください！」

少しだけ面食らって、小さく頷く。

「……わかった。よろしくね」

「「はいっ！」」

頼もしい後輩たちの姿を見送り、ホッと息を漏らした。

あんなにひどい体調だったのに、よくもまあ無事に切り抜けられたものだ。

「シャオランの薬膳ご飯のおかげだね」

ぽつりと呟いて笑みを浮かべる。店頭から下がったせいで気が抜けてしまった。途端にぐうと存在を主張し始めたお腹に苦笑しつつ、お財布を取りに行こうと歩き出す。

――その時だ。

「……ぐすっ。ぐすっ……」

誰かの泣く声が聞こえてきた。

驚いてバックヤードの中を見渡す。窓はなく、ぎっしりと帳簿や資料が並ぶその場所は薄暗く、奥ともなると目を凝らさないとよく見えない。

「んんん……？　誰かいるの？」

目を眇めて、そろそろと泣き声が聞こえる方へと向かうと――

蹲って泣いている田中里桜を見つけた。

「ど、どうしたの!?」

驚いて彼女の背中をさする。

里桜は真っ赤に腫らした目で私を見て、世界の終わりみたいな声で言った。

「私、私……もう仕事辞めたい……！」

「……！」

――お昼ご飯どころじゃない！

私は顔を強ばらせ、じっと里桜を見つめたのだった。

田中里桜は四月に入ったばかりの新入社員だ。リスによく似たまん丸な瞳、少し低めの鼻、頬に散ったそばかす。明るい色をした癖っ毛のショートボブ。天真爛漫で、どちらかというとマイペース。ミスをしても持ち前の明るさで頑張るタイプ。

もともと旅行が好きで、旅先の知識に関しては目を見張るものがある。お客様からの評判も悪くなく、経験を積んでいけば誰からも頼られる社員になるだろう……そう思っていた。

「私なんか……私なんか……」

しかし、今の里桜はどうだろう。

自信をなくし、子どものように泣きじゃくっている。

別に誰かに怒られたり責められたりしたわけでもないようで、社員一同困惑していた。

「入社してからずっと気が張ってただろうし、疲れが出たのかねえ」

店長は、彼女をとりあえず数日間休ませることに決めた。

本人は辞めたいと言っているものの、ずっと泣き続けている様子から、冷静な判断ができるとは思えなかったからだ。

「君の社会人生活は始まったばかり。急激な変化にいろいろと追いつかなくなったんだろう。まずはゆっくり休みなさい」

「……ぐすっ。はい……」

「休みが明けたら今後のことを相談しよう。いいね？」

優しい店長の言葉に、里桜はコクコクと頷いて、着替えのために更衣室へ向かった。

里桜の背中を見送り、ため息をこぼす。大変なことになった。

「店長、ありがとうございます」

対応してくれた店長に頭を下げると、彼は「これも僕の仕事だからね」と笑った。

昔、サッカー日本代表の監督をしていたアルベルト・ザッケローニにそっくりな店長は、少したるんだ顎を撫で「彼女が落ち着くのを待つしかないねえ」と困り顔だ。

泣いている里桜を叱責するでもなく、甘えるなと仕事を強要するわけでもなく、落ち着くのを待つ。対応としてこれが正解だろう。無理をさせたらますます落ち込むだけだ。正しい判断をしてくれた店長にホッと胸を撫で下ろす。

「さすがですね、店長。ありがとうございます」

店長は「よせよ」と手を振った。

「今までだってこういう子はいたし、最近の予約システムの進化についていけてなくて、売り上げじゃあ貢献できてないんだ。これくらいは当然だよ。それに……」

店長は、垂れ目がちの瞳をキラリと光らせた。

「うちの敏腕マネージャーが、今年の夏のバリ商品販売コンテストで上位に食い込んでくれると信じているからね。新入社員がひとり休んでも、僕は心配してないんだ」

「うっ……」

「期待しているよ、陽茂野(ひもの)君。わははははは！」

「が、頑張ります」

私が曖昧に笑うと、店長はしみじみと呟いた。

「春は実にやっかいだね。優しいように見えて時に獰猛(どうもう)な牙を剝(む)く。彼女が無事に平静を取り戻してくれればいいんだけど」

「そうですね……」

ぺこりと頭を下げて、その場を後にする。

財布を取りに更衣室へ入るが、すでに里桜の姿はなかった。私は一抹の不安を抱えながらも、ようやく訪れた昼休憩に向かったのだった。

＊＊＊

『新しいレシピを考えていてね。よかったら食べにおいで』

翌朝。寝落ちして返信が止まっていたチャットアプリの画面を見て思った。

――イケメンの心には天使でも棲んでいるのかしら。

今日は仕事が休みだ。

休日を「棗」で過ごすことに決め、ノロノロと出かける支度を済ます。

「本当にいっぱい試食させてくれるんだなあ」

着替えながらぽつりと呟く。ただの幼馴染みにここまでしてくれるなんて……やはり心に天使を飼っているに違いない。

「お礼をしなくちゃね。なにがいいかな」

ぼんやり考え事をしながら、レストラン近くの公園沿いを歩く。

今日もいい天気だ。梅雨の気配はまだまだ感じられず穏やかな日差しが心地いい。

ズレてきた黒縁眼鏡の位置を直し、ほうとため息をこぼす。

私の脳裏を占めているのは、急に泣き出してしまった後輩社員のことだ。

「大丈夫かな、あの子」

溌剌(はつらつ)とした普段の様子からは、想像つかないほど憔悴(しょうすい)した様子だった。しっかり休んで冷静に自分を見つめ直してくれればいいのだが、ひとりぼっちで思い詰めてしまったら……とも思う。

「たぶん、あれだと思うんだよなあ」

――五月病。

主に新生活といった、急激な環境の変化に伴うストレスなどで起きる症状だ。無気力になったり、食欲が低下したり、不眠になったりする。悪化するとうつ病になってしまう場合もある。心の病気を甘く見てはいけない。

かくいう私も、新社会人の時に似たような症状になった。慣れない仕事に懸命になっているうちに、寝ても覚めても不安感に襲われ、どうしようもなくなってしまったのだ。

あの時は本当に大変だった……。できれば二度と思い出したくないくらい。そんな経験を経て今の私がある。思えば、休日に〝干物〟に変身しようと考えたのも、新入社員の時の苦労があったからかもしれない。

考え事をしながら歩いていれば、公園のベンチが視界に入ってきた。そこに見慣れた姿を見つけて立ち止まる。

「——田中さん?」

「……え?」

里桜は私に気がつくと、何度か目をパチパチと瞬いた。

昨日のように泣きじゃくってはいないようで胸を撫で下ろす。その表情にまだ影があるのに気がついた私は、お節介かと思いつつも声をかける。

「散歩中？　私、今からお昼なんだ。よかったら一緒にどう？」

「………………」

私の言葉に里桜は黙ったままだ。

――うう、休日まで上司と一緒はさすがに嫌だったか。

内心後悔し始めていると、里桜は小さく首を傾げて、怪訝な表情で言った。

「どちら様でしょう？」

――カラン、カラン。

ゆっくり「棗」の扉を開けると、ドアベルが軽快な音を奏でた。

ランチのラストオーダーに近い時間だからか、私たちの他に客はいないようだ。

入り口に私を見つけたシャオランが表情を輝かせ……しかし、次の瞬間には不思議そうな顔になった。

「百花、いらっしゃい。お友達？」

「あ、うん。会社の後輩なの」

「そう。テーブル席にする？」

「今日はそうする。ありがとう」

窓際の席に座る。すると突然、里桜が頭を下げた。

「～～本当にごめんなさい！」

「いや、だからいいって」

「よくないですよ……！　上司の顔がわからないなんて、正直ありえませんもん！」

「そうは言ってもねえ……こんな恰好の私が悪いんだし」

今日の私は、大きめサイズの黒いパーカーに適当なデニム。長年履いているせいで、ちょっとボロくなったスニーカー。適当に結った髪に黒縁眼鏡。すっぴんにマスクまでしていた。会社に行く時はどちらかというと綺麗めオフィスカジュアルだから、わからなくても仕方がない。

「お休みの日はね、とことん気を抜くって決めてるの。仕事の時はニーズに合った恰好をしてるけどね。だから気にしないで」

「ですが……」

「いいんだってば～」

申し訳なさそうにしている里桜だったが、私がかたくなに謝罪を拒否すると諦めてくれた。それでも、どこか居心地悪そうにしているが……。

するると、里桜は気を取り直すように言った。

「意外でした。私、マネージャーって完璧なイメージがあったから」

「え、そう？」

──あらまあ。仕事場の私ってそんなに？

嬉しくてニマニマしていれば、お冷やを運んできたシャオランが会話に加わった。

「百花が完璧……。本当に？」

笑いを含んだ声にムッとして睨みつける。

「会社では頼られるお姉様なの。そういう風に扱ってくれても構わないわよ？」

「──なるほど？」

シャオランは悪戯を思いついた少年のような顔になった。

「じゃあ、今後はシシトウもバンバン使っていこうかな。辛い奴があるかもしれないけど、許してくれよ」

「ちょっ……！」

泣きそうになって必死に懇願する。

「いやよ！　私、シシトウのロシアンルーレットみたいな感じ、すごく苦手なの！」

「別にいいじゃないか。辛くない奴は美味しく食べられるんだろ？」

「そういう問題じゃなくて、ハラハラしてご飯に集中できなくなるのよ！　美味しいご飯を食べる時間は私にとって宝物なの。そういうのは本当にやめて」

「どうしようかなあ……」

「シャオランの鬼。悪魔！　天使だと思ってたのに……この裏切り者ー！」

ふたりでギャアギャアやり合っていると、

「……フ、フフフフフ」

突然、里桜が笑い出した。

――あ。やってしまった……。

慌てて表情を取り繕うも、時すでに遅し。里桜は肩を揺らして笑っている。

「彼氏さんと仲いいんですね」

「へっ？」

キョトンとする。私とシャオランが彼氏彼女とはこれいかに。

プッと小さく噴き出して、ひらひら手を振って否定した。

「そう見える？　こんなかっこいい人が彼氏だったらいいんだけどねえ。そんなんじゃないのよ、ただの幼馴染み！　ね、シャオラン？」

同意を求めようとシャオランを見遣れば、

「………………」

彼はちょっぴり困った顔をして私を見つめていた。

「――ん？　どうしたの」

「いや、なんでもない」

シャオランは小さく肩を竦め「アンケート持ってくるね」と去っていった。

――なんだか変な感じ。

小首を傾げ、里桜に視線を移す。

リラックスした様子の里桜は、繁々と店内の様子を物珍しげに眺めていた。

「よかった。昨日よりは元気そうだね？」

しかし、声をかけた途端に表情が曇ってしまった。

瞼を伏せて、苦しげに眉をひそめている様はどう見たっていつもの彼女じゃない。

「……泣きたくて堪らない感じはなくなったんですが、まだまだ普段どおりには戻れない感じです。なんていうか……心にぽっかり穴が空いたみたいな。朝起きるのが辛くて。食欲もあんまりないんです……」

「そう……」

――やっぱり五月病なのかな。

大丈夫だろうか。ハラハラして気が気じゃない。

自分も経験したことだからこそ、辛さは身に染みて感じている。

――力になってあげたいな。

心の底から思う。それは上司としての責任感だけではなかった。

『百花、辛いよ。苦しいよ。助けて……』

脳裏に少年の声が蘇る。それは、遠い過去に私が心から助けたいと願った人の声だ。

――駄目。絶対に放ってなんか置けない。

私は里桜をまっすぐに見つめると訊ねた。

「ねえ、田中さん。よかったら最近感じていることを私に話してみない？　少しは楽になるんじゃないかな」

「………。そうですね」

里桜はわずかに唇を震わせ、うつむきながら事情を語り始めた。

「この不調の原因かどうかわからないですけど、私、社会人生活ってもっと楽しいと思ってたんです」

私……田中里桜がそう言うと、陽茂野マネージャーは小さく頷いた。

「……そっか。それで現実はどうだったの？」

いつものビシッと決めた恰好とは違い、休日仕様でゆるゆるの服装の上司は、普段と変わらぬ優しい口調で続きを促す。

マネージャーは私の憧れの人だ。

誰よりも仕事ができて、気配りもできる。接客を隣で聞いているだけで勉強になるくらいで——仕事中のマネージャーは、まさに大人の女って感じですごくかっこいい。

——だから、気の抜けた姿にはすごく驚いた。本人だって気づかないくらいには。

でもきっと〝大人の女性〟な理由があるんだろうと思う。

社会人になったばかりの私にはわからない、深い事情があるのだ。

——ああ。私もこんな風になりたかったなあ……。

＊＊＊

嘆息して、話を再開する。

「最初のうちは楽しかったんです。地元を離れてひとり暮らしを始めて、入社式は想像以上にドキドキしました。たまたま近くの席になった同期の子と仲良くなって、一緒に頑張ろうねってチャットグループを作ったりして。なにもかもが初めての体験でした。なにをするにも世界がキラキラして見えて、だけど不安と期待が入り交じってなんだか落ち着かなくて。……わかりますかね？」

とりとめのない私の話にもマネージャーはしっかりと耳を傾けてくれる。

「わかるわ」と頷いて、自分もそうだったと同意してくれた。

私だけじゃなかったと胸が温かくなった。けれどもすぐに気持ちが沈んでいく。

四月の頭頃に感じていた浮かれた気分はどこかへ行ってしまったようで、際限ない不安感だけが私を苛（さいな）み続けていた。

——本当にどうなってしまったの、私……。

憂鬱に思いながらも話を続ける。

「多摩（たま）ツーリストは第一志望でした。採用してもらえて本当に嬉しかった。旅行好きな両親のもとに生まれて、物心つく前からいろんな場所に行っていましたから、その経験を仕事に生かせるとも思っていました。きっと上手（うま）くやれるだろうって……根拠のない自信を持っていたんです」

しかし、現実はそう上手くいかなかった。

実際に店頭へ立ってみると、お客様の要望に沿ったプランを提案することがいかに難しいかを思い知らされる。自分が好きなものが相手も好きだとは限らない。臨機応変に要望を汲み取ってプランを提案しなければ、ただお客様の時間を無駄にするだけ。「検討する」と席を立つお客様の背中を見送るたび、申し訳なくて仕方がなくなる。

それに、常に勉強がついて回る。古すぎる情報は間違いのもとだ。昨今、不景気のせいで一年前には運行していた路線が翌年は廃線になっているなんてことはままある。ひたすら情報収集に努めるしかない。

「学生じゃないんだから、甘い気持ちでいたらいけないとはわかっていました。でも、私にはいろんな場所へ旅行して、実際の場所をこの目で見てきたんだっていう自負があったんです。だから大丈夫だと……だけど、そんなんじゃぜんぜん足りなかったんですよね」

学び続ける必要性に気がついた時、深く考えずにグループチャットに愚痴を投げた。

同期たちの反応は「当たり前だよね」というものばかりで誰も同意してくれない。

みんな積極的に勉強をしているらしい。新入社員にして管理職の資格試験に挑む子までいた。普通は三年目くらいになってから受けるのだと思っていたから、意識の高さに打ちのめされる。

「ああ、私ってまだまだなんだなって焦るようになりました。最新のガイドブックを買い集めて、暇な時間さえあればネットで情報を検索して……資格の本を読んだり、とにかくがむしゃらに知識を詰め込みました。だけど、やればやるほど旅行について考えるのがしんどくなってきて。でも、これも仕事なんだからって、もっと〝頑張らなくちゃ〟〝頑張れ、頑張れ〟って自分を励まして……」

すると、体に異変が現れるようになった。

朝起きられない。翌日仕事があると思うと動悸がする。夢に仕事場が出てきて、とんでもない失敗をして飛び起きる。

「……変だなとは思っていたんですが、すぐに治るだろうって放置してしまって」

そうこうしているうちに、症状は悪化していった。

意味もなく涙がこぼれる。食事に手を付ける気力がない。部屋の掃除をする気になれない。買い物に行くのも億劫になる。

「もともと整理整頓は得意な方だったのに、気がついたら部屋が滅茶苦茶になっていて。それが自分の駄目な部分を象徴してるようで、部屋にいたくなくて……。休みの日は外で過ごすようになりました」

入社して一ヶ月。GWになって店頭が混み始め、先輩たちも自分の仕事で手いっぱいになった。みんな忙しそうで、助けを求められない雰囲気。仕事をたくさん抱えた先輩の手伝いをしたいのに、それすらままならなくて……。だったら、自分のことは自分でなんとかしなければと思い詰めていった。

──ああ。一生懸命やっているつもりなのにすべて空回り。

そして昨日──

『あなたじゃ話にならないわ。他の人に代わってくれない？』

ぎしりと心が軋んだ音を立てたような気がした。

先輩に担当を代わってもらい、息をつこうとバックヤードへ入って……動けなくなってしまったのだ。

「すべて甘く考えていた私が悪いんです」

ぽろり、と透明な雫が瞳からこぼれた。

一度溢れてしまった涙は止まることを知らない。パタパタと落ちては砕けて消える。

今、私の頭を占めているのは三つの言葉だった。

苦しい。

助けて。

どうすればいいの。

……ああ、気持ちがまた落ち込んでいく。かすかに動悸までしてきた。

心と体が悲鳴を上げている。けれど、それを救う方法を私は知らなかった。

＊＊＊

「すべて甘く考えていた私が悪いんです」

話し終えると、涙で頬を濡らした里桜はひっくとしゃくり上げた。

――マイペースな子だと思っていたけど、想像以上に責任感が強いタイプだったのね。

そっとハンカチを差し出す。真っ赤な目で泣き続けている里桜へ訊ねる。

「仕事について、同期以外で誰か相談できる人はいる？」

「…………」

ハンカチを受け取った里桜は苦しげに顔を歪めた。

「……母は、一時的なものだろうって取り合ってくれませんでした。せっかくいい会社に入ったんだから、辞めるなってそればかり。一番心を許せる親友は……今、大学に通っていて。ものすごく勉強が大変だって言っていたから、悩みなんて打ち明けられなくて」

「彼氏は？」

首を横に振って、うつむいてしまった。

「そっか……」

大きく息を吐くと、思案に暮れる。

――里桜の母親の気持ちもわかるんだよなあ。

人生経験を積んだ者からすると、若者の悩みは時にちっぽけだ。経験上、そこを乗り越えれば道が開けるのを知っているから深刻に捉えない。いや、捉えられない。

若者は経験豊富な年輩者と違って〝今〟しか見えていない。

それは若者のいいところでもあり悪いところでもある。無鉄砲に思い切りよく挑戦したりもできるが、逆に視野が狭まって行き詰まりやすい。

里桜の視野は、今とても狭くなっている。許容量を超えた努力をしなくてはならないというプレッシャーが、彼女から余裕を失わせてしまっているのだ。

――こういう時、目線の近しい人がいればいいんだけど……。

入社してしばらくは私が面倒を見ていたが、今は後輩に指導を引き継いでいる。直接の指導員は里桜よりひとつ先輩の社員だ。あの子は、どちらかと言えば初めから仕事ができたタイプで、里桜の悩みには共感しづらいのかもしれない。

親にも親友にも同期にも相談できない。これでは気鬱になっても仕方がない。

——私の管理不足だわ。もっと早く気がついてあげられれば……。

かける言葉に迷っていると、そこへシャオランがやってきた。

「なにはともあれ食事にしないかい？　腹が減ってはなんとやらって言うじゃないか」

彼は私たちのテーブルにお猪口（ちょこ）サイズの切り子グラスを置いた。中には黄金色の液体が注がれている。

「あれ……？　アンケート、まだ答えてないんだけど」

思わず首を傾（かし）げると、シャオランは「大丈夫」と笑った。

「さっきの会話でだいたい察したから問題ないよ。田中さんだっけ。アレルギーはある？　お酒は？」

「あ、はい。アレルギーはありません。お酒は人並みに飲めます」

「よかった。じゃあ、これは食前酒。陳皮とゆり根を漬け込んだ薬膳酒だよ」

「え……えっと」

グラスを目の前にして、里桜は戸惑っているようだった。

「食欲がないんです。ごめんなさい」

しょんぼりと肩を落とした里桜に、シャオランは朗らかに笑った。

彼女の横に跪き、じっと泣きはらしている里桜を見つめる。

あまりにも整った顔に見つめられ、里桜は少し戸惑いの表情を浮かべた。彼女の手を取ったシャオランは、真摯な眼差しを里桜へ向ける。

「つれないことを言わないで。大丈夫。食べられるぶんだけでいいし、君の皿には少なめに盛り付けるつもりだよ。今の君には美味しいご飯という薬が必要だ」

「ご飯が薬……？」

「そうさ！　今の君は、考えすぎて頭がいっぱいになってる。だから、仕事もなにもかもいったん置いておいて、皿の上の薬を味わうことだけに集中してみない？」

「…………」

里桜は迷っているようだった。ちらりと私に視線を向ける。

私はニッと白い歯を見せて笑い、親指を突き立てて言った。

「そうしなよ。遠慮しないで。シャオランのご飯にはずれはないよ。たぶん日本で一番シャオランのご飯を食べているであろう私が保証する！」

「よくこの店に食べにくるんですか？」

「うん。けっこう外食するからね。最近はここばっかり」

「え……」

里桜はパチパチと目を瞬いて、心底意外そうに私を見つめている。

「マネージャーって、お家で自炊してそうなイメージでした」

私はひらひら手を振って笑った。

「まっさかあ！　仕事に全力を注いでるから料理にまで手が回らないよ。ちょっと前まではコンビニご飯ばっかりだったな。あ、各社のコンビニスイーツに関しては一家言あるから、今度教えてあげようか」

「……は、はあ」

困惑している里桜をニコニコ見つめる。彼女にとって私は〝完璧な上司〟らしいので、ギャップに驚いているのだろう。

「まあ、私のことはいいじゃない。なにはともあれ、美味しいご飯を食べるのに躊躇する必要はないと思わない？　シャオランのご飯を食べると、すごく幸せな気持ちになるんだよ。だから食べてみようよ。ね？」

「幸せな気持ち……」

里桜は面食らった様子だったが、わずかに逡巡した後、こくりと頷いた。そっとグラスに手を伸ばす。聞こえるかどうかわからないくらいの声で「いただきます」と言って口をつける。瞬間、沈んでいた表情がパッと明るくなった。

シャオランが心底嬉しそうに笑って説明を始めた。

「陳皮入りだからね。陳皮はミカンの皮を乾燥させたものだよ」

「飲みやすいです。……度数が強いんですかね？　お腹がポカポカします」

「だいたい梅酒と同じくらいかなあ」

ふたりの話を聞きながら、私もグラスに口を近づけていった。

──うーん、爽やかなミカンの香り！

ふわっと透明感のある柑橘の香りが鼻を抜ける。口をつければ意外な味に驚いた。

「ミカン味じゃないのね」

皮しか漬けてないのなら当たり前か。際立っているのは優しい甘さだ。ゆり根と蜂蜜のまろやかな甘さが、じわじわ口内に広がっていく。

里桜の言ったとおり度数は高め。お酒が通り過ぎていった喉がじんわり熱くなり、ぽっとお腹の中心が温くなったのがわかった。う〜ん。これは美味しい……。

「……シャオラン」

「昨日、二日酔いだった人は誰だっけ」

「ウッ！」

お代わり要求をさらりとかわされて、顔が引きつる。クスクス笑ったシャオランは、次の料理を持って来た。皿を覗(のぞ)き込んで思わず目を丸くする。

「……これって春菊!?」

お鍋の季節によく見かけるアレである。ザクザク刻み、ドレッシングを和(あ)えた春菊の上には、カリッカリに焼いたベーコンとみじん切りのニンニクが載っていた。

「そう、春菊のサラダだよ」

「え、生で食べられるんですか?」

もちろんとシャオラン。私と里桜は顔を見合わせた。

固くて食べづらい茎の部分を丁寧に取り除き、葉だけにした生の春菊。

——一体どんな味がするのだろう……。

恐る恐る口に運べば——

「……んっ！　やだ、いける」

思いも寄らない味に堪(たま)らず目を輝かせた。

濃緑の葉はサラダ用に作られたのかと思うほど柔らかい。噛(か)みしめればほのかに苦みを感じた。同時にふんわり春菊の独特な匂いが鼻を通り抜けていく。それがまたいい香りなのだ。くどさは決してない、ヨモギなんかのハーブを揉(も)み込んだ時のような匂い……！

里桜の口にも合ったようだ。驚いた様子で目を瞬いている。

「びっくりです。私、お鍋の春菊って癖が強くて苦手なんですけど……」

「生の方が癖がないよね？」

「……はい。はい！」

コクコクと頷いている里桜に笑いかけ、しみじみと皿の中を眺める。

生の春菊にこんなポテンシャルがあったとは。トッピングされたベーコンの脂の甘さや塩気、ニンニクの風味、そしてドレッシングの醤油風味が更に癖を和らげてくれている。

「さあ、お次はメイン」

満を持して最後に登場したのは、なんとも肉々しい一品だった。

「……お肉だ！」

「お肉ですね、マネージャー！」

ぱあと顔を輝かせた私たちの前に出てきたのは、牛肉とパプリカの炒め物。

脂と甘さと香ばしさが混じった匂い……！　これだけで白米が食べられそうだ。

こんがり焼けた牛肉は、パプリカというドレスで着飾っていた。茶色の牛肉に対して、赤や黄色のパプリカの鮮やかなこと！　素材に絡んだ飴色のソースが、照明の光を反射して私たちを誘うようにてりてりと輝いていた。

これぞまさに！　肉食女子垂涎（すいぜん）の一品だ。

箸を握りしめ、勢いよく皿に襲いかかる。

肉を持ち上げた瞬間、粘度のあるソースがとろりと尾を引いた。

「～～！　肉のうまみが濃厚！　オイスターソースのこっくりとした味わいが堪らない！

ソースが絡んだお肉、柔らかいね……！　ご飯ほしい。何杯でもいけちゃいそう！」

「パプリカのシャキシャキした歯ごたえもいいですね。中華屋さんで食べる炒め物って感じ。強火でブワッと炒めたような……マネージャーの言うとおりご飯がほしくなる……」

すると、シャオランがお茶碗（ちゃわん）を持ってきた。

「青じそご飯だよ。ここはさっぱりいこう」

「……！　シャオラン素敵！　愛してる！」

思わず叫ぶと、シャオランは一瞬固まって、すぐさま苦笑いをこぼした。

「ん？　どうしたの？」

「いや……」

シャオランは複雑そうな表情をするばかりで、不思議な反応の理由を教えてはくれなかった。首を傾げていれば、里桜まで変な顔をしているのに気がつく。

「マネージャーって少し……というか、かなり鈍感……？」

「なあに？」

「あ、いえいえいえっ！　別になにも！」

「なんなの、ふたりして～」

慌てて誤魔化す里桜を、不満いっぱいの顔で見つめる。

瞬間、里桜が小さく噴き出した。「やだ、マネージャー……その顔」とお腹を抱えて笑っている。口を尖らせていた私は、そのうち里桜につられて笑い出した。シャオランも楽しげに頬を緩めている。

食事が進むごとに里桜の雰囲気が柔らかくなってきていた。シャオランの作った〝薬〟は無事に功を奏しているらしい。なんだかそれがやたら嬉しくて。私はニコニコしながら残りの料理に箸をつけていった。

青じそご飯は絶品だ。オイスターソースの濃厚な味で疲れた舌を優しく癒やしてくれる。更にじゃがいもと玉ねぎの味噌汁を飲めば、味がリセットされて更に食欲が増す。食後はジャスミン茶で一息つけば、満足感で体がとろけてしまいそう。

「……ごちそうさまでした……」

見事完食である。空になった皿の前で里桜と同時に言うと、シャオランは「お粗末様です」と笑った。

「ああ、お腹いっぱい」

「……私、食欲ないって言ってた癖に全部食べちゃいました」

「仕方ない。美味しかったもの！　それに処方されたお薬は全部飲まないと駄目だしね」

「……ふふっ。ですね」

ふたりで笑い合って、食後のまったりとした雰囲気を満喫する。

「それで……今日のご飯はどういうものだったの？」

シャオランに訊ねると、彼は待ってましたとばかりに説明を始めた。

「この時期に起こる情緒不安定な症状……いわゆる五月病だね。田中さんの症状は、おそらく〝気〟が滞ったことから起こっているんじゃないか……と考えたんだ」

五月病のような状態のことを〝気虚〟というのだそうだ。やる気や元気の素が不足して、意欲の低下、食欲不振、疲労倦怠感などの鬱症状が見られるそう。

「百病はみな気より生ず。病とは気病むなり。故に養生の道は気を調ふるにあり。日本の儒学者、貝原益軒の言葉だよ」

「病は気から……って確かに言うわね」

私が頷けば、シャオランは「そうだね」と同調しつつも少し渋い顔になった。

「日本では〝気〟を軽視している人がとても多いと思うよ。体と心は密接に繋がっている。

体の不調があると人はすぐに病院に駆け込むけど、心はそうじゃないだろ?」

だから今日のご飯は心を整えるものだ、とシャオランは語った。

「陳皮、春菊、牛肉、パプリカ、青じそにじゃがいも、玉ねぎ、ジャスミン茶。これらは気を補ったり、気の巡りをよくしたり、〝ネガティブな感情で傷ついた〝脾(ひ)〟を補う働きがある。今日のメニューは、心を健康にする定食なんだ」

「へえ……!」

改めて思い返してみると、香りが強い食材が多かった気がする。

独特な力強い香りは脳をほどよく刺激してくれ、心を優しく解きほぐしてくれた。リラックスタイムにアロマを楽しんだりするのと同じ効果を期待しているのだろうか。

つらつら考えていると、カウンターの椅子に座ったシャオランが再び語り始めた。

「〝頑張る〟って言葉は便利だけど、時に自分を痛めつけるんだ。知っているかい?」

ピクン、と里桜が小さく反応した。

優しげに薄墨色の瞳を細めたシャオランは、腕の入れ墨を指で撫(な)でながら続ける。

「がむしゃらに頑張っている時ってね、なぜかそれが正しいと思えるんだ。でも、それがどれだけ体に負担を強いているのか気づけないことが多い。たとえ体の異常を感じたとしても〝頑張っているんだから、今やめるわけにはいかない〟って意固地になる。なにせ世間一般的に努力は正しいからね」

　それはまさに、今の里桜の状況であるとシャオランは言外に指摘している。

「……そう、ですね」

　表情を曇らせた里桜に、シャオランは小さく肩を竦めた。

「――でも。努力をしよう、努力をしなくちゃって思えるのは才能だと思うよ」

「へ？」

　想定外の言葉だったのか、頓狂な声を上げた里桜へシャオランは笑った。

「努力しなくていいなんて言うのは簡単だ。だけどね、努力ができなくて落ちこぼれる奴はごまんといる。努力はするべきなんだ。だから、頑張りすぎて体に変調をきたしたっていい。要は潰れないようにするにはどうするか、だ」

「ちょっ……シャオランさん!?」

　戸惑っている里桜をよそに、私はひとり納得顔で頷いていた。

「君もよく勉強のしすぎで倒れてたね……」

「うん。夢中になるとご飯とかどうでもよくなるんだよね」

　幼い頃のシャオランは、分厚い図鑑を嬉々として丸暗記するような子だった。シャオランの両親は留守がちで、時々様子を見に行って、努力家の幼馴染みが行き倒れていないか確認するのも私の仕事だったくらいだ。

当時を懐かしんでいれば、シャオランはどこか自慢げに持論を語り始めた。

「人間はね、風船みたいなものだと思ってる」

「風船?」

「風船が綺麗に膨らみ続けるためには、空気が入ってないといけないだろ? かといって空気が多すぎたら割れてしまうし、少なかったら萎んでしまう」

「――あ、そういうこと? 今の田中さんは、自分の中に許容量以上の空気を入れようとしているんだ。だから苦しんでる」

「だったらどうすればいいか……わかるだろ?」

シャオランの真意が理解できて、途端に嬉しくなった。

「余計な空気を抜けばいいんだね!」

じわじわと頬が熱くなる。それはまさに私が常日頃から実践していることでもあったから、シャオランに肯定してもらったように感じたのだ。

「……田中さん!」

「は、はい」

「私を見て!」

「へっ⁉」

突拍子もないことを言い出した上司に、里桜は目をぱちくりと瞬(しばた)いている。

にんまり怪しげに笑った私は、自慢げに話し出す。

「私の空気の抜き方はこれ。普段はきっちりメイクもオシャレもするけど、休日はとことんだらけちゃうの。自炊なんて面倒なことはしない！　ご飯だって外食で済ませちゃう。時には昼からお酒だって！　――そう！　今の私は〝干物〟……！」

「ひ、干物？　お魚の？」

「あ、学生時代からのあだ名よ、あだ名。外面を気にして無理をする生活よりも、楽～に地味～に過ごせる人生が一番だと思わない？」

「………。なるほど……」

「ちなみに休みの日は仕事を忘れることにしてる。難しい懸案事項があろうとも記憶の彼方(かなた)に追いやるの。休むのに邪魔だから」

「邪魔、ですか？」

「そう。仕事なんて休日の自分にとって邪魔以外のなにものでもないわ。食べたいものを食べて、飲みたいものを飲みたい時に飲む！　ストレスになることは徹底的にしないわよ。ゆるゆるの服を着て、だら～っと日がな一日過ごすの。シャオランは？」

「俺は秘蔵のワインを開けちゃうかな」

「ほほう、それはいいことを聞いた」

「今度、一緒にする？」

シャオランとクスクス笑い合う。すると、里桜が「なんだかすごく自由ですね」と気の抜けた笑みを浮かべた。

「そりゃそうよ！　社会人だからって自ら縛られに行く必要なんてないわ。私たちは自由よ。せっかく親の庇護（ひご）から外れたのに、羽を伸ばさないでどうするの」

「――そのための〝干物〟……」

少しずつ里桜の表情が明るくなってきた。

「マネージャーでも、肩の力を抜く時があるんですね」

私はシャオランと目配せをして、彼女の心がもっと解（ほぐ）れるように話を続けた。

「だけど、自由にはもちろん代償がある。それが仕事だと私は思ってるの。仕事でお金をもらう以上は責任を果たすべきよね。努力は必要だし、頑張るべきよ。でも、そればっかりになっちゃうと人間パンクしちゃう。どこかで息抜きしなくちゃ。休みの日に人間から干物に変身するのって結構大事よ」

「百花の言うとおりだね。俺たちはそれぞれに合った息抜きの方法を持ってる。風船は一度割れてしまったら二度と元に戻らないんだから」

　一転して真剣な面持ちになった私は、里桜へ話を続けた。

「私……後輩たちが自慢なのよ」

「え……？」

　琥珀色のお茶が満たされたグラスに視線を落とし、わずかに微笑む。

　私の勤めている店舗は小規模の路面店だ。なので人数は多くない。

　だからこそ、彼女たちひとりひとりを私自身の手でしっかり育ててきたつもりだ。

「みんないいところもあれば悪いところもあるけど、仕事に対して真摯で最高な子たちなのよ！　普段からいっぱい褒めているつもりだけど……正直、まだまだ言い足りないのよねえ。ボーナス査定や昇給時の評価シートもあるけど、私の愛が伝わってるか心配だわ」

　ニッと笑って里桜を見つめた。

「田中さんは会社に入ったばかりだものね。まだ私の気持ちを伝えてなかった気がする。この際だから言っちゃいましょう！　うん、それがいいわ……」

「えっ」

　里桜が顔を強ばらせ、緊張感を漂わせ始めた。にっこり笑って話を進める。

「田中さんは細かいことによく気がつくわよね。歯抜けになったパンフレットをすぐに補充してくれるし、雑誌ゴミを頻繁に片付けてくれるし。接客時の笑顔も最高。ハキハキしゃべるからお客様もリラックスしてるのがわかる。説明もわかりやすいわ！　臨場感があって……実際に旅先へ行った経験があるからこそよね」

「…………！」

ほんのり頬を染めた里桜へ、眉尻を下げて続けた。

「店舗のマネージャーとして、業界の先輩として……田中さんは充分な働きをしてくれていると思ってるわ。周りに引きずられる必要ないわよ。接客も知識も、実際に働く中で学べることの方が多いんだから、肩肘張らなくてもいいの」

私の言葉に、シャオランも便乗した。

「君が休日にするべきなのは、勉強よりも休養だよ。リラックスタイムにご馳走はつきものだ。しんどくなったらいつでもうちにおいで。美味しいご飯の〝薬〟をいつでも用意してあげる」

言いたいことを言い終わると、ふたりで里桜を見守る。

彼女は私とシャオランを交互に見ると、ほう、と長く息を吐いた。

里桜の体から力が抜けていったのがわかる。

「なんだ。頑張り続けなくてもいいんだ。気を抜く時は抜いてもいいんだ……」

再び里桜の瞳が滲む。その涙は、安堵の感情からくるもののように思えた。

「私、今日ここに来られてよかったです。ご飯、美味しかった。栄養が優しく沁みていって……生き返った感じがする。ごちそうさまでした。本当にありがとうございます」

里桜は私に向き合うと、深々と頭を下げる。

「マネージャーも。私、完璧にしなくちゃって自分を追い詰めて、いつの間にか肩の力を抜けなくなっちゃってたみたいです。勉強のことで頭がいっぱいで、趣味の旅行からも遠ざかっていたんです。好きな場所に行きたいって思っても、勉強にならないからって足が遠のいていて……だから、わ、私……」

唇を震わせ黙り込んでしまった里桜のそばに寄り添い、優しく肩を抱いてやる。

「大丈夫よ。気にしないで。よく頑張ったわね。田中さんはすごいわ。とってもすごい。私がついているから、もう大丈夫よ……」

顔を真っ赤にした里桜は私に抱きついて泣き声を上げた。

「う、うあああああ……」

「よしよし」

「うあああああああああああん……」

里桜は子どもみたいに大きな声を上げ、更に大粒の涙をたくさんこぼした。

その涙は、里桜の中に溜まっていたものを、すべて体外に流してくれているようだった。

＊＊＊

休み明け、里桜は店長に向かい合うと、勢いよく頭を下げた。

「――ご迷惑をおかけしました！　もう大丈夫です！」

以前と同じような明るい笑みを浮かべ、これからも店で頑張ると宣言する。

「そうか、君にとっていい休日になったみたいだね。よかった。じゃあ頑張って」

店長はさらりと彼女の謝罪を流すと、呑気（のんき）に爪切りを始めた。

――これでもう今回の件は終わり。気にしないから。

そんな言葉が店長の態度から透けて見えて、私は笑みを浮かべる。

里桜の背中を押すと、更衣室へ連れて行った。

「ゆっくり休めた？」

「はい！」

私たちが「棗」で食事した翌日、里桜は息抜きにひとり旅へ出かけたらしい。

宿泊場所も決めずに行くぶらり旅。

かつて両親と行った思い出の場所を巡る旅は、彼女の中のなにかを変えたようだ。

「……旅行、すごく楽しかった。どうしてこの会社に就職したいって思ったのか、思い出せた気がします」

旅先の景色や出来事が、今にも破裂しそうな彼女から余分な空気を抜いてくれた。どうやら〝抜き方〟を学べたらしい。これからはきっと、この間のように追い詰められることはなくなるだろう。

――でも、まだちょっぴり心配だな。アフターフォローを忘れないようにしなくちゃ。

「また、シャオランの店にご飯を食べに行こうね」

「はい。ぜひ……！」

明るい里桜が戻ってきた。ホッと安堵の息を漏らす。

すると、里桜の瞳がキラキラ輝いているのに気がついた。

「と・こ・ろ・で！　マネ〜ジャ〜！　シャオランさんとはあれからどうですか？」

「ど、どうって。どうもしないわよ」

「またまた〜！　お店では謙遜してましたけどっ！　私、ふたりの間にラブを感じちゃいました。本当は付き合ってるんですよね？　イケメン店主とマネージャー……ああっ！　すごいお似合いですよう！　結婚式にはぜひ呼んでくださいねっ！」

このお調子者めと内心苦笑しながら、里桜の的外れな勘ぐりをカラカラ笑い飛ばす。

「アッハハ！　冗談が上手いんだから。恋人同士でもなんでもないんだってば。仲のいい幼馴染み。……あ、気の置けない友達みたいなものだから、そういう意味ではラブはあるかも。きっと向こうもそう思ってるよ」

はっきり断言すれば、里桜があんぐりと口を開けたまま固まっているのに気がついた。

「お〜い。田中さん？」

目の前でひらひら手を振れば、ハッと意識を取り戻した里桜の頬が淡く色づく。

「なんてこと。マネージャーったら、お仕事は完璧なのに恋愛方面がポンコツだわ」

ブツブツなにやら呟いていたかと思えば、やたら熱のこもった瞳で私を見つめ、

「可愛いっ。これがギャップ萌え？　推せる……！」

と興奮気味に叫んだ。がっしと私の手を掴み、ずいと顔を近づける。

「私、マネージャーのこと応援してますから！」

「はい？」

「推しカップルが成立するように、いつまでも、いつまでも応援してますからっ……！」

「……はあ」

わけがわからず生返事を返す。

里桜は私の反応に満足したようで「きゃあ！」となにやら嬉しそうに身を捩っていた。

——なんか勘違いしているようだけど。楽しそうだからいいか……。

くすりと笑みをこぼし、里桜が元気を取り戻したことを嬉しく思っていれば、更衣室の扉が開いた。ひょっこり顔を覗かせたのは、里桜の指導員である女性社員だ。

「あっ、いた！　田中さん！　ＧＷにご相談にみえてたお客様、提案したプランの詳細をもう一回聞きたいって……！　やったじゃない。契約までこぎ着けるかもよ！」

「「……！」」

里桜と顔を見合わせ、途端に落ち着きをなくした彼女を必死になだめる。

「マ、マネージャー……」

「大丈夫よ、田中さん。落ち着いて」

不安そうな里桜に大きく頷き、その背中をトンと押してやった。

「思い切りやって来なさい。安心して。責任は私が持つわ！」

「は、はいっ……！」

意気込んで店に出て行く里桜の背中を見送る。

今回の件が解決できたのは、シャオランの力添えが大きい。

——息抜きにワインを飲むって言ってたな。お礼にプレゼントしよう。

どの銘柄にしようかと考えつつ、私は里桜が喜びの涙を浮かべて戻ってくるだろうことを予感していた。

＊　＊　＊

「そっか。あの子、辞めずに済んだんだね」

——里桜の騒動が終結してから数日後。

仕事終わりに、私はシャオランの店を訪れていた。

「この間は本当にありがとう。これ、私からのお礼」

私が用意したのは赤のフルボディ。シャオランはさっそく飲もうと言ってくれた。

ふたりぶんのグラスに注いで口をつければ、ベリーのような瑞々(みずみず)しい香りが鼻を抜け、タンニンが舌を刺激する。最後に口内に残るのは森林を思わせるオーク樽(だる)の優しい香りだ。

シャオランはワインをひとくち飲んだ瞬間、驚きに目を見開いた。

「ん、これ……結構、いけるね？」

「でしょ！　お気に入りなの」

喜んでもらえたことに安堵していると、シャオランがどこか複雑そうな表情をしているのに気がついた。

「どうしたの？」

「実はさ、百花が田中さんを慰める姿を見て、子どもの頃を思い出しちゃったんだよね。切羽詰まったあの子が、小さい頃泣いてばかりいた俺によく似ててさ。……だから、田中さんが挫けなくて本当によかったよ」

しんみりと語った彼に、私はぱちくりと目を瞬いた。

やけに熱心に慰めているなあと思っていたが、そういう事情があったらしい。同時に、幼馴染みである彼が自分と同じことを考えていた事実に笑いがこみ上げてくる。

「……なんだ。シャオランも？　私も、あんな風にへこたれているシャオランを昔はよく慰めてたなって思い出してた」

——私は〝干物〟だ。なるべくならマイペースに日々を過ごしたいと思っている。その反面、弱っている人を見るとどうにも放って置けない質だ。今回の里桜の件のようになんとかして慰めたい気持ちでいっぱいになって、ついつい手を差し出したくなる。昔から、友人にはお節介だと呆れられたものだ。

原因は、目の前にいる幼馴染みだったりする。

小学生の頃、シャオランは父親との仲があまりよくなかった。

彼の父親は、複数のレストランを経営している実業家で、後継者にシャオランをと考えていたらしい。シャオランが自分の意にそぐわないことをすると激しく叱責し、テストが満点じゃないというだけで暴力を振るうような父親だった。

そんな父親とは対照的に、彼の母親はとても控えめな人だった。愛情深くはあったが、父親には絶対に逆らわない……いや、逆らえない人。息子が夫に殴られていても、庇うことができないほど意志が薄弱だった。

父親から注がれる過剰なまでの期待。そして暴力。

しかし、シャオランを庇ってくれる人間は彼の家に誰ひとりとしていなかった。

だからシャオランは、父親に殴られるたびに家を飛び出し、公園のベンチで泣いていた。

そんな彼を慰めていたのが私だ。

「懐かしいな。百花がいなかったら——俺はきっと潰れてた」

「そう……だったかもね」

夕暮れに赤く染まった誰もいなくなった公園。ベンチに座って、世界が闇に侵食されていくのを感じながら、シャオランが泣き止むまでそばにいた。日が暮れるにつれ徐々に気温が下がっていく中、隣に座った男の子の体温がとても心地よかったのを覚えている。

『——まだ痛い？』

『……ううん。大丈夫』

あの頃のシャオランはいつだってボロボロだった。あちこち痣だらけで、絶対に大丈夫なわけがない。だのに、いつだってシャオランは強がる。誰かに父親の暴力を訴えても無駄。ひたすら耐えるしかないことを、彼はそう長くない人生で学んでいたのだ。

でも……私はそれが堪らなく嫌だった。大好きな幼馴染みが悲しい顔をしているのが許せなくて、なんとかして笑わそうと彼が好きな話題を持ち出していたっけ。

『ねえ、シャオラン。昨日したお話の続きを聞かせてよ！』

『え？　えっと……カンブリア紀の最強生物のこと？』

『そうそう！　あの、ぐわ〜ってして、トゲトゲした変な奴！』

『アノマロカリスだよ。恐竜が登場するよりもはるか昔にいた生物で、史上最初の覇者だったんだ』

涙で滲んだ目を拭ったシャオランは、私にアノマロカリスのことを教えてくれた。体長が十センチほどしかない生き物ばかりの世界で、アノマロカリスだけは一メートルもの巨体を持っていたこと。ものすごく目がいい狩人だったこと……。

『ねえ、アノ……マロロスって変な名前。どういう意味？』

『アノマロカリスね。確か……〝奇妙な海老〟だった気が』

『海老……』

『海老だね』

思わず顔を見合わせる。そして――ブフッと同時に噴き出した。

『アッハハハ！　なにそれ。もっとかっこいい名前つけてあげればよかったのに！』

『た、確かに。一番強かったのにねえ』

お腹を抱えてふたりで笑う。そうこうしているうちに、シャオランの涙が止まっていることに気がついた。作戦成功だ！

『やっぱりシャオランのお話は楽しいねえ。ワクワクドキドキする。もっといっぱい聞かせてよ。いくらでも付き合ってあげる！』

笑顔で話す私を、シャオランは眩しそうに見つめた。

『……うん。ありがと、百花』

『わあああああっ⁉　なんでまた涙ぐむの！　ほら、いい子いい子……』

『アハハ。つい……』

必死に慰めた末、シャオランが笑ってくれた時は本当に嬉しかった。

その時の経験が、私をお節介にさせているのではないかと自分では思っている。

「人間は風船みたいなものだって思ったのも、その頃だった。張り詰めてた俺から空気を抜いてくれたのは君だった。百花と会った後はいつだって心が軽くなって、父親の理不尽さに立ち向かえるような気がしたんだ」

――里桜にかけた言葉は、彼の経験から来るものだったのだ。

そして、そう言わせたのは私。

じんわりと頬が熱くなる。なんだか照れくさい。

「い、言い過ぎじゃない？」

「そんなことないさ」

そう言って、シャオランは体勢を変えた。頬杖を突き、軽く目を細めて私を見つめる。

「本当に感謝してる。今でも」

「………。そっか」

小さい頃に私がしたことに対して、大人になってからお礼を言われるなんて。

なんだかソワソワする。落ち着かない感じを誤魔化すためにワインをもうひとくち飲めば、シャオランが口を開いた。

「あのさ、百花」

「なに？」

彼は少し視線をさまよわせると、ゆっくりと慎重に言葉を重ねていく。

「今の俺が……田中さんのように苦しんでいたら。小さい頃みたいに話を聞いてくれる？　そばにいてくれるかい？」

酔いが回ったのか彼の頬が赤い。首にかかった後れ毛が絶妙な色気を醸している。

大人になった彼が当時のような状況になるとは思えないけれど——

「もちろん！　何時間だって付き合ってあげる。シャオランは私にとって大切な人よ」

どんと胸を叩いて請け負えば、シャオランの顔がぱあっと輝いた。彼のお尻に尻尾があれば、高速で揺れているに違いないと確信を持てるほどに喜色に溢れた表情だ。

「これからもずっと？　たとえば、誰よりも近い場所にいてくれるとか——」

——近い場所。

そうか。確かに私たちの関係は、普通の人よりかは近いと言えるかもしれない。

「当たり前だよ。だって、私たち幼馴染みじゃない……！」

瞬間、シャオランがズルッと体勢を崩したのがわかった。

「ど、どうしたの？」

首を傾げれば、彼はいやに苦しげな顔で首を横に振っている。

「なんでもない……」

もしや体調が悪くなったのだろうか。お酒が変な風に回ったとか？

不安になった私は、必死にシャオランの腕を揺さぶった。

「大丈夫？　なにがあったの？　シャオラン？　シャオラーン！」

しかしシャオランは、私の声かけに反応を返してはくれなかったのだった。

箸休め　大陸より戻りし青年は、小さな島国でなにを見つけたか

——都内某所、開店前のレストラン「棗」に、ひとりの青年の姿があった。

「ああ、今日も仕事終わりに来てくれるのか。嬉しいな」

スマホを手に呟いた男の名は王浩然。北京生まれ、二十六歳。幼い頃は日本で過ごしていたが、最近まで中国にある父親の経営しているレストランでシェフとして働いていた。

中国経済の急成長の中で、王浩然の父親は成功者と呼べる部類に属している。

中華料理店を始め、フレンチからイタリアン、はたまた日本食のレストランまで手がけ、ことごとく成功させていた。そんな父親の下に生まれた王浩然は、経営に携わるよりも現場で働く料理人でありたいと、父親のレストランを転々としていたのだ。

一箇所にとどまらなかったのは、別に飽き性だったわけでも、店を追い出されたわけでもない。王浩然は興味が向いた分野に対して非常に貪欲な質で、それを習得するためならば全力を尽くす性格だった。たまたま彼の知識欲をくすぐったのが〝料理〟という一大ジ

ャンルであり、各国の料理を極めようとごくごく当たり前に行動へ移しただけだ。

研究熱心な彼は各店の料理長から一目置かれる存在で、確かな料理の腕に加え、彼の華のあるビジュアルはその界隈(かいわい)では有名だった。父親のレストラン以外からも引き抜きを持ちかけられるくらいに。

そんな彼なのだが、このたび父親の庇護(ひご)下を離れて日本で店を始めることにした。

店の立ち上げから……というのは王浩然にとっても初めての経験で、俄然(がぜん)気合いが入った。喫茶店だった店舗を借り上げて自分の好みに改装もした。

どんなに美味(おい)しい料理を作ったとしても、店内の雰囲気とズレが生じていたら味が落ちる。食器や調度品も然り。料理を彩るすべてが完璧でなくてはならない――

それは彼のこだわりであり理念だった。

「棗」は決して高級路線にするつもりはないが、あらゆる部分で妥協するべきではないと王浩然はそう考えていた。

だから、店に関わるすべてのものを時間をかけて厳選する。結果として、できあがった店は彼の理想に近いものになった。

そうして、店のオープンから約二ヶ月。

立地のせいか、初めはあまり客足が芳しくなかったが、口コミサイトの投稿が増えるにつれ徐々に売り上げが伸びてきていた。近々雑誌の取材を受ける予定もある。味やサービスには自信があった。認知さえされれば採算ライン到達も難しくはないだろう。

実業家の父親からすれば甘いと言われるかもしれないが、王浩然は現状に満足していた。なによりこの場所に店を開けた事実が嬉しかったのだ。

「待ってるよ……と」

チャットアプリにメッセージを入力する。送信先はもちろん最近再会した幼馴染みだ。

ほのかに光る画面を見つめる王浩然の瞳はどこまでも優しげで、緩んだ口もとは彼の浮かれた感情を表しているようである。

しかし、スマホが振動しながら着信を報せた途端、王浩然の表情は凍りついた。

すうと薄墨色の瞳から温かな色が消え去っていく。

残されたのは、どこまでも冷たい印象を与える整った顔だけだ。

「……もしもし。兄さん？」

『──ああ！　やっと出た。どうだい？　店は上手く行きそうかな』

電話の相手は、王浩然の双子の兄である王浩宇だ。

彼は日本の大学で考古学を研究している。王浩然の双子の兄もまた、弟と同様に自身の興味が向いた分野に熱中するタイプだった。今、王浩宇を虜にしているのは日本の古代文明。美しい女王が治めた、今もなお謎が多く残されている邪馬台国だ。

「別に。普通だよ」

淡々と答えた王浩然へ、兄は電話越しにカラカラ笑った。

『相変わらず無愛想だな。僕は兄だぞ、少しくらい愛想よく……』

「用がないなら切るけど。ディナータイムの仕込みがあるんだ」

『ま、待て待て待て待て！　どうしてお前は昔からそうなんだ……！　特定の相手にしかいい顔をしない。直した方がいいぞ、絶対！』

「客には愛想よくしてる。……本当に切るからな」

『いや、待てってば！』

慌てて止めた兄に、王浩然は不愉快そうに顔をしかめた。

弟に通話を切られたら堪らないと、早口で王浩宇が捲し立てる。

『親愛なる弟に聞きたかったんだ！　どうして日本で出店する気になったのかって』

「父からチャンスをもらった。それだけだ」

『さすがの僕でもそれくらい聞かなくてもわかる。それよりも立地さ。立地！』

「…………」

黙り込んでしまった王浩然へ、王浩宇は一息ついてから訊ねた。

『日本に出店する――そう聞いた時、君なら都内の一等地に店を構えると思っていたんだ。弟の資産、父さんから受けられるであろう支援を考えてもそれが当然だとね。それがどうだい、都内とはいえ閑静な住宅街の一角にある喫茶店の居抜き？　僕は信じられない気持ちでいっぱいだよ。うちの弟が隠れた名店志望だったなんてね！』

矢継ぎ早に告げられた兄の言葉に、王浩然は顔をしかめた。

確かに「棗」のある場所は、人通りが多くもなく目立つ場所でもない。

ビジネス的に考えれば、積極的に選ぶ立地とは必ずしも言えなかった。

『君は経営者にこそならなかったものの、いつだって父に従順だった。だから、目指すところは〝父に誇れる〟ような世界中のセレブを相手取る超一流店に決まってると思ってた。なのにこれだよ。どういう心境なのかと思ってね』

「………。父親が俺の世界のすべてじゃないさ」

ぽつりと反論した王浩然に、電話越しに王浩宇はやや興奮気味な口調で応えた。

『それはそうだけど！　僕だって昔から父の傲慢なやり方が大嫌いだったし、反発心を拗らせた結果、日本の考古学に傾倒するようになった……っと、僕のことはいいんだ。なあ、事情を聞かせてくれよ。困ってないか。なにか協力できるかもしれない』

双子の弟が大嫌いな父のもとを離れ、自分へ歩み寄ってくれたようで嬉しいのだろう。

兄から寄せられた予想外の申し出にキョトンと目を瞬いた王浩然は、通話相手へ気取られない程度の笑みを浮かべた。

「……別に。協力なんていらないよ」

『遠慮してるのかい？　馬鹿だなあ。兄弟じゃないか、それも双子の――』

「別に遠慮はしていない。店は無事にオープンしたし〝宝物〟は見つけてある」

囁くように告げられた最後の言葉。

それを耳ざとく聞きつけた王浩宇は、頓狂な声を上げる。

『宝物!?　なんだい、なんだい。君は日本にトレジャーハントにでも来たってのか？　そんな馬鹿な。それとも謎かけ？　あ、宝が古代の品なら僕が力を貸せると思うけど？』

「……だからそういうんじゃない。もういいか？　仕込みをしたい」

『い、いやいやいや！　待って。今、考えるから……！』

うーん、うーんとスマホ越しに王浩宇の唸り声が聞こえる。

どうやら本気で当てるつもりらしい。王浩然は、スマホをスピーカーモードにしてカウンターの上に放置した。テキパキと開店準備を進めていれば、スマホの向こうから『あああああッッッ!!』と、とんでもない大声が聞こえてきてギョッとする。

『君の店がある場所！　小学生の頃に住んでた場所からすごく近いよね！　ほら。昔、隣の家の子とよく遊んだじゃないか。えっと……名前はなんだっけ？』

その時、王浩然の脳裏にはひとりの女性の姿が浮かんでいた。

桜の花びら舞い散る中で再会を果たした相手。

遠い過去に、長い時間を共に過ごした人。

——陽茂野百花。

再会した時、彼女は王浩然の予想だにしない恰好をしていた。

ゆるゆるのジャージにサンダル、すっぴんに眼鏡。風に煽られて髪はボサボサだった。

花びらを頭に何枚もつけて、女性としては疑問を抱きたくなる姿だ。

でも——

あの頃の面影は、そのまま残っていて。

彼女の姿を目にした瞬間、王浩然は胸が苦しくて仕方がなかった。

再会が単純に嬉しくて。

百花の戸惑う顔や、あの頃より大人びた声すらすぐに愛おしくて堪らなくなった。

『ああ！　モモカだ。そうだよ、うちの弟のお姫様。初恋の相手だ！』

電話越しに聞こえてきた兄の声に、王浩然は深く嘆息した。

一度興味を持つと、とことん食らいついてくる兄の気性を思えば、このままじゃいつまで経ってても通話が終わりそうにない。スピーカーを切ってスマホを耳に当てる。

「そうだよ。百花。陽茂野百花……」

『うわあ。もしかして彼女を追いかけてそこに店を？』

「……会えたらいいなとは思っていたけど」

王浩然は渋い顔になった。この場所を選んだ理由は確かに彼女だが、素直に認めるのは照れくさいし、双子の兄とはいえ教えてやる義理はない。

適当に言葉を濁せば、スマホの向こうで王浩宇が大笑いしたのがわかった。

『アッハハ！　わかったぞ。宝物ってもしかして彼女か。納得したよ！　君は昔から彼女にべったりだった。もしかして店の近辺に住んでいるのかい？　へええ……』

「からかうのは止めてくれ。切るぞ」

いやに楽しそうな王浩宇に王浩然が辟易していれば、調子づいた兄は更に続けた。

『彼女は元気？　確かふたつ上だったよね？　彼女もいい歳だ。あの頃よりも綺麗になってるんだろうが——当時から地味なタイプだったよね。らしくないなあ。君の女性遍歴から考えると、いささか華が足りないように思えるけど……本気かい？』

「——は？」

『あっ……』

冷え切った声を出した王浩然に、スマホの向こうで王浩宇が頓狂な声を上げた。

『あの、その。違うんだ』と慌てている王浩宇へ毅然な態度で答える。

「兄さんはなにもわかっていないね。女性遍歴だって？　今までの女性は父がパーティのパートナーが必要だと言うから渋々付き合っただけで、心を預けたつもりなんてない」

『……そうだったね。悪かったよ。そういえば、あの頃のお前を支えてくれたのは彼女だったよな。そっか……そういうことか』

――百花。

兄の言葉に、ふと再会した日の彼女を思い出して笑む。

なんの含みもなく、素直な気持ちで料理の味を褒めてくれた百花。

彼女の言葉は今も昔と変わらず温かい。

それに、田中里桜を慰めていたあの姿――

本当に……本当に、彼女は昔から変わらない。

少年であった王浩然が淡い恋心を抱いた時のままだ。

父は自分に反抗的だった双子の兄よりも、従順だった弟の王浩然に過剰なまでの期待を寄せた。自由奔放に生きる兄と厳しくしつけられる弟。同じ双子であるのに、あからさますぎる扱いの格差も、当時の王浩然が追い詰められていた一因だった。

そんな自分をそばで支えてくれた百花に、少年であった王浩然が恋心を抱くのは、ごくごく自然な流れだろうと思う。

『……まだ彼女が好きなんだね』

兄の言葉に、王浩然は沈黙で答えた。

まさか初恋をこんな歳になってまで引きずるなんて、王浩然自身も思っていなかったのだ。しかし、それも仕方がないことだと思う。

彼女との思い出は、それだけ王浩然にとって大切なものなのだ。

――再会できるまで不安だったけど……。

彼女が見る影もなく変わっていたら、初恋を諦めてしまおうと思っていた。

けれど彼女は変わっていなかった。思わず、無料で試食し放題！　なんて突拍子もない提案をしてしまうくらいである。

『まあ、好きにすればいいさ。僕がなにかを言える立場じゃないしね。それで？　モモカちゃんとはどこまで進んだんだい。君の手にかかればイチコロだろう？』

王浩宇の言葉にシャオランは深く深く嘆息した。悔しそうに首を振ると――

「まだ、手すら握ってないよ」

と、言った。

愕然とした兄へ、王浩然は顔をしかめた。

「……定期的にふたりきりで会ってはいる。だけど、どうにもその先に進まなくて」

それとなしにアプローチを仕掛けてはいるものの反応が芳しくない。いや、反応がないと言った方が正しい。

なにをしてもさらりとかわされてしまう。

それには王浩然も困り果てていた。

百花が生来鈍感である可能性も否めないが、度が過ぎている気もする。十三年ぶりの再会だ。決して短くない時の流れの中で、百花になにかあったのかもしれない……。

真剣に悩む王浩然とは裏腹に、彼の兄はどこまでも無神経だった。

『ブッ……。ワハハハハハハハ……！』

「笑うなよ。……もう切るからな」

思わず不満を漏らせば、王浩宇は笑いすぎて息を切らしながら言った。

『ごめん、ごめん。中国での弟のモテっぷりを知ってるから、なおさらね。なにを遠慮してるんだ。露骨にグイグイ行けばいいじゃないか。日本風に相手の空気を読んでばかりじゃ摑めるものも逃してしまうよ？』

「露骨……。日本人女性は、そういうの嫌いそうじゃないか……」

『想いが通じないよりマシだろ？　当たって砕けてこい！　彼女と一緒に慰めてやるよ』

するると、王浩然は心底嫌そうに顔をしかめた。

「……まさか、アイツが来ているのか？」

『いや？　でも、彼女は鳥みたいに身軽だからね。いつ来たっておかしくない。君が日本で店を開いたことは、調べればすぐにわかることだしね』

「……勘弁してくれ。ややこしいことになる予感しかしない」

『ま、覚悟しておくんだね。そうだ、恋愛相談ならいつでも乗るからな。少しくらいは兄に頼ってくれよ。モモカとは僕も幼馴染みなんだから』

そう言い残して王浩宇は通話を切った。ほうと息を漏らしてスマホを置く。

王浩然は、兄の言葉を思い出して苦笑をこぼした。

「セレブ御用達の料理店、ねえ……」

王浩然が目指す場所はそこではない。

常人には理解しづらいだろうが、彼の目標は他にある。

『シャオランのご飯は幸せな味がするね……！』

遠い日の大切な人の言葉を思い出して、フッと微笑む。

「別に焦る必要はないさ。あの子が俺の原点で……終着点だから」

呟くと、手際よく開店準備を進めていく。

柔らかな笑みを浮かべた王浩然の顔には、溢れんばかりの愛おしさが充ち満ちていた。

三皿目　不調に悩む女性へ　陰陽、体調に合わせたご飯

薬膳料理店「棗（なつめ）」がオープンして三ヶ月が経った。

開店当初はあまり客足が芳しくなかったようだったが、口コミサイトで評判が広がり、更には雑誌に取り上げられたのをきっかけに繁盛しているようだ。

客層は圧倒的に女性が多い。

薬膳そのものが健康志向だからという理由もあるが、なにより――

「店長さ～ん。アンケート書き終わりました～」

「ありがとうございます。では少々お待ちくださいね」

「は～い！」

それほど広くない店内に、女性たちのはしゃいだ声が響いている。

シャオランが料理の準備を始めると、カウンターに座った女性たちは、彼の動きを熱心に目で追ってうっとりと頬を染めた。

「……すごいぞ、イケメンパワー！」

私はカウンターの端っこの席に陣取り、奥様方からピンクのオーラを浴びせ続けられているシャオランという構図をなかば面白がって眺めていた。

ちなみに仕事はお休みの日。

さすがにジャージはやめておいたが、いつもどおりゆるゆるモードで眼鏡な私である。

時刻はもうすぐ午後二時を回ろうとしていた。

しかし、どどんとカウンター席に陣取った奥様方はまったく帰る素振りを見せない。

先ほど入店した女性以外、全員のカウンターの上には空になった薬膳茶のカップが置いてあった。それはランチセットについている食後のドリンクだ。

つまり――先ほどアンケートを記入した女性以外、すでに食事を終えている。

なのに誰も席を動こうとしない。

なぜならば、彼女たちの目当てはシャオランその人だからだ。

「店長さん、五行説について聞きたいのだけれど」

「最近だるくて。どうしたらいいと思います？」

奥様方は、隙あらばシャオランに話しかけている。シャオランもシャオランで質問には真摯に答えていた。彼自身が好きで始めた店だ。食事をきっかけに薬膳に興味を持ってもらえる事実が嬉しいらしい。

「順番にご説明しますね」

にっこりシャオランが笑いかければ、奥様方が悲鳴を呑み込んだのがわかった。

笑いかけられた奥様は真っ赤になって硬直してしまう。どうやら瀕死の重傷を負ったようだ。おそらく昇天まで幾ばくもないだろう。隣席の奥様まで余波を喰らって悶えている。

カウンター席はまさに死屍累々の様相であった。

恐ろしやマダムキラー！

強い。強すぎるぞ王浩然！　なにこれ面白い……！

イケメンがこれほどまで世の奥様方を惹き付けるとは非常に興味深い。

雑誌の陰から奥様方の様子を観察する。

「これはあれかな……。イケメン演歌歌手にハマるのと同じようなものなのかな」

――確かにシャオランは美形さんだけど、すごい熱量だな。なんとかして商品に繋げられないかしら……。

旅行会社勤務としては、時間を自由に使える主婦層は見過ごせない。

なぜなら、日帰り観光などの主たるターゲットは高齢者と主婦だからだ。

「……イケメン店主と行く薬膳料理ツアー。おお、いいかもね」

今度シャオランに提案してみよう。お店の宣伝にもなるかもしれない。

奥入瀬渓流辺りで散策。土産物店での買い物。地元野菜を使った薬膳ランチ。シャオランのイケメンっぷりを押し出せば、大型バス一台ぶんくらいは売れるのでは？

「集客にはイケメン店長って呼び名じゃ弱いかもな。お客様の興味を引くインパクトがほしい……薬膳……薬膳王子……これだ!!」

――後は握手券に、ツーショットチェキの企画を入れれば完璧。

頭は完全に仕事モード。シャオランのあまりのもてっぷりに引きずられ、休日は仕事を忘れるという〝干物〟な信念を忘れて爛々と目を輝かせていれば、突然金切り声が聞こえてきた。思わずカップを落としそうになって「わ」と小さく悲鳴を上げる。

「あ……あたくしの連絡先を受け取れないって言うの！」

声の主は、カウンター席に陣取っていた女性のうちのひとりだった。

なんともド派手な奥様である。紫色に染めた髪。ギラギラ存在を主張している大粒の宝石のイヤリング。ヒョウ柄のブラウスに鰐皮のバッグを合わせている様は、まるでひとりサバンナだ。化粧も濃色をたっぷり使っていて主張が強く、見るからに〝我が強そう〟な感じの人だった。

彼女は、空の箸袋を握りしめて顔を真っ赤にして震えていた。クシャクシャになった箸袋に、店名以外になにやら書き込んであるのが見える。

──もしかして箸袋に電話番号って奴？　一昔前のトレンディドラマみた〜い！

一時期、有料動画サイトでひと昔前のドラマを観るのにハマっていた私は、見たことのある光景が繰り広げられている事実に興奮する。

当のシャオランは、至って冷静に女性に対応していた。

「申し訳ございません。お客様と個人的に連絡を取り合うサービスはしておりません」

「なっ……！」

女性は更に顔を赤くすると、勢いよく立ち上がった。

一斉に周囲にいた奥様方も立ち上がる。軍隊のような一糸乱れぬ動き……！　あの女性は群れの〝ボス〟なのだと実感した瞬間だった。

「まったくなってないわ。なんなのかしらこの店！　お客様は神様でしょう。外国の方みたいだからご存知ないのかもしれないけれど、少しはお勉強なさったら？」

女性の言葉に他の奥様方もそうだそうだと同調している。興奮している女性陣とは対象的に、シャオランは極めて冷静だ。

「俺の国……中国では、別にお客様は神様でもなんでもないんですよ」

「だとしても、郷に入っては郷に従えって言うでしょう!?」

「従うかどうかは俺が決めます。少なくとも……今はそういう気分にはなれませんね」

シャオランは冷たい視線を女性に向け、出口の方を指さした。

「どうぞお帰りください」

「～～～!!」

女性は真っ赤になってワナワナと震えている。

……これはやばい。このままじゃお店の評判にも傷がついてしまうかもしれない！

「ちょおっと待ったーーーー！」

考えるより先に体が動いた。威勢よく叫んで立ち上がると、店内の注目が一気に集まったのがわかる。そこまでやって、次にどうするか考えていなかった事実に気づいた。

背中に冷たいものが伝ったが、大切な幼馴染みのために必死に頭を回転させる。

「た、確かにシャオラン……店長さんはかっこいいですし、惹かれるのはわかるんですけど！　物事にはなにごとにも順序というものがありまして」

ひくっと口もとが引き攣った。ああ、客たちの視線が痛い。慣れないことはするもんじゃないとしみじみ思いながら、にっこり笑んだ。

「彼と知り合いになりたいのなら、ま、まずは箸袋じゃなくて、レターセットに電話番号を書くところから始めてはどうでしょう……！」

——いや、そうじゃないでしょ！

内心で自分に猛烈なツッコミを入れる。「ブハッ！」とシャオランが噴き出したのがわかった。肩を揺らし、必死に笑いを堪えている幼馴染みを見遣ると——

「あなた、あたくしを馬鹿にしているのかしら……？」

シャオラン越しに、血に飢えた虎のような女性と目が合い「ヒッ」と悲鳴をこぼす。

「もういいわ！　失礼します！」

女性はカウンターにランチ代を叩き付けて身をひるがえした。

慌てて周囲の奥様方もゾロゾロとついていく。けたたましい音を立てて扉が閉じると、一気に店の中が静まり返った。

「…………。はあ」

笑いが収まったシャオランは、ひとつ咳払いをしてから残された客に笑顔を向けた。

「お騒がせしました。ご迷惑をおかけしましたので、本日のお代は無料で結構です」

突然の騒動に呆然としていた客たちは、シャオランの言葉に「ありがとう」などと応えると、少し居心地悪そうに愛想笑いを浮かべたのだった。

ランチタイムが終わると、「棗」はディナーまで休憩時間となる。

すでに閉店しているものの、知り合いの店だからこれ幸いと店に居座った。

「うっ……。今思い出しても恥ずかしい」

大声を出して仲裁なんて、普段の私から考えると信じられない。幼馴染みのためとはいえ、思い切ったことをしたもんだ……。

カウンターで薬膳茶を飲みながら、テキパキと店じまいをする彼の様子を眺める。

「大変だったね」

そう声をかければ、シャオランは苦笑いを浮かべた。

「まあ、仕方ないね。前にいた店でもあったなあ」

――なんと、経験済みだったらしい。

イケメンってそれだけで人生勝ち組な印象だったけれど、もしや様々な苦労があるのだろうか。なんて因果な存在、イケメン。整った顔に生まれたばっかりに……。

――それにしても。

「あの奥様、変なことしなければいいんだけど」

ああいう徒党を組むタイプはかなりやっかいだ。奥様ネットワークで店の悪い評判を流されたら堪（たま）ったものではない。シャオラン自身も危険性に気がついているのだろう。苦みが入り混じった笑みを浮かべていた。

「まあ……まだ、なにかをされたわけではないしね」

シャオランは私の隣の席に座ると、カウンターに突っ伏した。

疲れたのか、目を瞑って脱力している。

澄ました顔をしていたものの、もしかしたらかなり緊張していたのかもしれない。

「お疲れさん。いい子いい子。頑張ったね」

手を伸ばして、頭を撫でてやる。

――お、髪質がやばい。つやつや〜。

あまりの手触りのよさに、しつこいくらいに撫でる。

うっすらと目を開けたシャオランは、どこかムズ痒そうな顔をした。

「……子どもじゃないんだから。もうアラサーなんだけど」

さすがのイケメンも、この歳になって頭を撫でられはしないらしい。

整った顔に浮かんだ羞恥の感情がなんとも色っぽい。

なるほど。こういう顔が、ああいう手合いを呼ぶのか……。

「……百花。なにか変なこと考えてないかい」

「え、あ？　いやはははは」

誤魔化し笑いをして、シャオランの頭から手を離す。

「嫌だった？　こないだ、俺が苦しんでたら慰めてくれ～って言ってたじゃない」

「……嫌じゃないけど。ぜんぜん嫌じゃないけど」

なぜか同じ言葉を繰り返したシャオランは、それでも複雑な感情を押し隠せないでいるのか頬を膨らませている。素直じゃないなあ。大人になったってことかしら。

「なら大人しく撫でられておくんだね。人の体温は〝未病〟を防ぐって漢方の教科書に書いてなかった？」

「ええ……。どうだったかなあ」

クスクス笑ったシャオランは、じっと私を見つめ――

おもむろに、私の手を握った。

「漢方ではどうだかわからないけど、人の体温が落ち着くのは確かだね」

「……おお」

小さく声を漏らした私は、温くなってしまった薬膳茶をすする。

私の手を握りしめているシャオランを横目で見ると、眉をひそめて忠告した。

「シャオラン、そういうとこ直した方がいいよ」

「ん？　どういうとこ？」

「天然タラシなとこ。そういう態度が奥様方を狂わせるの」

「ええ？」

片眉をつり上げたシャオランは、次の瞬間にはどこか悪戯(いたずら)っぽい笑みを浮かべた。

「天然なつもりはないんだけどな」

「どういう意味よ……」

「さあ？」

——自覚なしか。こりゃ駄目だ。

干物な私すら、自分に気があるんじゃないかと一瞬考えてしまうくらいだもの。

イケメンに飢えた奥様方なんてイチコロだろう。

——こりゃ、問題は根深そうだなあ。

ますます顔をしかめ、残った薬膳茶を一気に飲み干す。

そんな私の隣で「これでも駄目かあ」とシャオランが小さくぼやいた。


「重い……」

それから数日後の休日。

私は猫砂が入った袋を抱え、フラフラしながら家路を急いでいた。

春の陽光が燦々(さんさん)と降り注ぐ、なんとも気持ちのいい日である。

通りがかった公園では、子どもたちが陽気な声を上げてははしゃぎ回り、のんびりと散歩を楽しむ人々の姿もあった。若葉が徐々に色濃くなっていく春の日、公園は人々の憩いの場としての役目を果たしている。

「よいしょっと」

大きな猫砂の袋を抱え直して息を吐く。結構重い。だんだんと手が痺（しび）れてきた。

猫砂なんて嵩張（かさば）るものは通販で買えばいいと思うだろうが、そうもいかない。

わが家の飼い猫のシロは、近所のペットショップで売っている猫砂でないと駄目というやっかいな性格をしているからだ。そのため、猫砂が切れるたびにこうして苦労する羽目になっているのだが……。

「ふふふ、二の腕のシェイプアップだと思えば、なんのこれしき」

強がりを口にしつつも、すぐに下ろしたい衝動に駆られて顔をしかめた。

――どこかで休憩しようかなあ。

そうだ、シャオランの店が近くにある。

ちょうどランチタイムが終わる頃だ。声をかけてみるのもいいかもしれない。

そう考えていた矢先、視界の中に挙動不審な人物を見つけた。

鍔（つば）の広い帽子を目深に被（かぶ）り、大きなサングラスをかけている。首にはブランドのロゴが大きく刺繡(ししゅう)されたスカーフ。黒のワンピースにレースの手袋。

――わあ。これもトレンディドラマで観(み)たわ～。本当にいるんだ……。

近年まれに見る怪しさに、猫砂の重さも忘れて観察してしまう。

不審者は、私の存在に気がつくと顔を背けて道の端に寄った。負い目がありますといわんばかりの態度に眉をひそめる。

……怪しい。怪しすぎる。私が警察官だったら職質するレベル。

「関わらないでおこう」

事件にでも巻き込まれたらかなわない。

しかし、ここは公園である。

ふと嫌な予感が脳裏によぎり、背中に冷たいものが伝った。

――誘拐とかだったらどうしよう。

「もういいかーい！」

「あははは！」

楽しげにはしゃぐ子どもたちの声が聞こえる。

もし、不審者が子どもを狙っているのだとしたら……。

私はゴクリと唾を飲み込むと、猫砂の袋を抱える腕に力をこめた。

——通報しよう。早とちりだったとしても、なにもしないで後悔するよりはマシだ！
私はひとり頷いて、辺りを見回した。
目の前で通報するわけにはいかない。移動した方がいいだろう。
すると、遠くに「棗」の看板が見えた。
——そうだ、店の中でなら……！
そうと決まれば、善は急げだ。
私は不自然にならないように気をつけながら、やや早足で店に向かった。
猫砂は重かったが、使命感が背中を押してくれてあっという間に店の前まで到着する。
ホッと胸を撫で下ろし、ドアノブに手をかけようとした——その瞬間。
「お待ちなさい」
誰かが私の肩を摑み、引き留めた。
驚いて振り返る。
「ひっ……」
そこにいた人物を目にした瞬間、頭が真っ白になった。
なぜなら、それはあの絵に描いたような不審者だったのだ！
——あ、後をつけられてた……!?

よろけて「棗」のドアに体がぶつかる。

ドアベルが激しく鳴って、扉に嵌められたガラスが震えた。

不審者は焦った様子で私の腕を摑んだ。

「お話があるの。ちょっといらっしゃい！」

「え？　うえええ……!?」

恐怖に駆られた私は、ズルズルとその場に座り込む。腰が抜けてしまったのだ。

「ど、どうして座り込むのよ！　いらっしゃいってば、早く！」

グイグイ引っ張られて腕が痛む。あまりのことに私は半泣きになって叫んだ。

「ひゃあああああっ！　や、やだ……！　誰か助けて……!!」

――その時だ。

「……っ！　なにしてる！」

ひどく焦ったような声が聞こえたかと思うと、誰かが怪しい人物の腕を摑んだ。

乱暴な手付きで私の腕からその人の手を外すと、背後に私を庇う。

そのたくましい背中。引き締まった体。緩く編んだ三つ編み――

「百花に手を出すな」

現れたのは、私の幼馴染みであるシャオランだった。

ランチタイムが終わり、一時的に閉店している「棗」店内。

客がいなくなった店内はしんとしていて、公園で遊ぶ子どもたちの声がかすかに聞こえる程度だ。窓から差し込む午後の日差しは柔らかく、店内を優しく照らしていた。

カウンター席に腰掛け、濃いめに淹れてもらったお茶をすする。

ちらりと横に視線を投げれば、そこには怒り心頭の様子のシャオランと――

しょんぼりと肩を落とした、例の〝ボス〟奥様の姿があった。

鍔広の帽子を脱ぎ、サングラスを外した彼女は、緊張しているのか流れる汗をしきりにハンカチで拭っていた。今日も今日とてド派手な原色メイクだ。しかし、黒一色の地味な色合いの装いのためか、先日よりかは〝我が強そう〟な印象は薄らいでいる。

シャオランはその人の前にお茶を置くと、どこか平坦な声で言った。

「それで、どういうつもりなのか教えていただけますか」

女性はびくりと体を竦め、震える声で言った。

「……あ、あたくし、吉田冴子と申します。町会長の妻をしています」

吉田さんはそれだけ言うと、長く息を吐いた。

意を決したように顔を上げて、次の瞬間には勢いよく頭を下げた。

「このたびは、ご迷惑をおかけして本当に申し訳ございませんでした‼」

「……はあ」

シャオランが気の抜けた返事をすると、吉田さんは涙ながらに語り始めた。

「あたくし……お友達の前では見栄を張ってしまうきらいがあって。あの時も、本当は店長さんに相談に乗ってもらいたかっただけなのに、意地を張ってしまったの」

吉田さんいわく、他の皆がいる場所で悩みを打ち明けるのはどうにも気恥ずかしくて、個人的に話をしたかったらしい。

「相談……というと、薬膳のですか」

「そう。あたくしの体調不良を改善する薬膳を教えてほしかったの」

「それならアンケートに素直に書けばよかったのでは？」

「……お友達同士で、内容を比べ合う可能性があったわ。そんなことできない」

――よっぽどバレたくないらしい。

どうしてだろうと思っていると、吉田さんは苦しそうに顔を歪めた。

「あたくしは、みんなを率いる立場なの。弱みなんて見せられないわ」

「ええ～……」

あんまりな理由に、唖然とする。

みんなというのは、おそらく一緒にいた奥様方のことだろう。〝お友達〟らしいのに弱い部分を見せられない？　動物の群れじゃあるまいし、おかしな関係だと思う。

「息苦しそう」

思わずぽつりと本音をこぼすと、吉田さんはキュッと眉をひそめた。

「それで、どうして百花にあんなことをしたんです？」

いつになく険しい表情のシャオランが訊ねれば、吉田さんは眉尻を下げた。

「ここ数日、お店に謝罪に来る機会を窺っていたの。でも、なかなかひとりじゃ勇気が出なかった。その時、あなたを見つけたの。以前、あたくしたちの間に入ってくれたでしょう？　店長さんとも親しげだったし、声をかけてみようと……」

「それで百花を襲った？」

「お、襲うつもりなんてなかったわ！　まさか、お店の前で座り込むなんて思わなくて」

そこまで言うと、吉田さんは額に浮かんだ汗をハンカチで拭った。

「もし怪我をされていたのなら治療費は払います。夫とふたりで改めて謝罪にも伺わせていただくわ」

「い、いやいやいや！　別にそこまでしなくても」

「あたくしの気が晴れません。ぜひ、そうさせてちょうだい」

「はあ……」

ずいぶんと真面目な性格のようだ。

先日受けた「思い通りにいかないとキレ散らかす奥様」的な印象とはまったく違う。

あちこち視線をさまよわせて、汗をハンカチで拭う姿は気の弱い奥様そのものだ。

深く嘆息して、改めて吉田さんに向かい合った。

「それで……そんなに必死になるほどの体調不良ってなんです？　切羽詰まっているのですよね？　病院には行かれましたか？」

「……病院には行きました。お薬も処方してもらったわ。だけど……副作用がどうしても気になって、普段の食生活を変えて軽減できないかって思ったのよ」

吉田さんは苦しげに眉をひそめて切々と訴えた。

「本当に辛(つら)いの。どうにかしたいのよ。だからお願い……！　あたくしの体調に合った薬膳を教えてちょうだい！」

「…………」

シャオランはすぐに答えなかった。

渋い顔をして黙り込み、じっと吉田さんを見つめている。

――断るのだろうか。

ハラハラしながらその様子を見守る。

シャオランからすれば、二度も営業妨害されたのだ。さっきだって何人かのお客さんが食事中だった。いい気分はしないだろう。

「どうかお願いします……」

体を縮め、真っ青になって震えている吉田さんを見て、私は小さく息を吐いた。

ド派手な恰好にばかり目を奪われていたが、彼女も年相応に年齢を重ねているのがわかる。いくら厚く化粧をしたとしても、手や首に出てくる皺は隠せない。

ふと、母の姿を思い出した。私の母も吉田さんくらいの年齢だ。

看護師で夜勤が多い私の母。いつまでも若いような気がしていたのに、ふとした瞬間の表情に年齢を感じて、ハッとさせられることがある。「最近、夜勤がしんどいのよねえ」と笑う目尻には年相応の年輪が刻まれ、いつの間にか髪に白いものが混ざるようになった。小さくなったな、と年を経るごとに思う。子どもの頃から母親は強い生き物だと盲目的に信じていたけれど、大人になるにつれただの人であったのだと思い知る。

母もここのところ体調が思わしくないらしい。

女性は年齢を重ねると理不尽な不調に見舞われるものだ。

もしかしたら……吉田さんも？

「……シャオラン、教えてあげようよ」

ぽつりとこぼせば、吉田さんの表情が輝いた。

シャオランは驚いたような顔で私を見つめている。

「百花はそうしたいの？」

「うん。だけど、無償でやるのはよくないかなって思う。交換条件つきで教えてあげるのはどう？　吉田さんがお店に迷惑をかけた事実は変わらないからね」

大人は非常に面倒な生き物だ。迷惑をかけた上で、更に薬膳まで教えてもらったとしたら、吉田さんはずっとシャオランに引け目を感じたままだろう。

だからこその交換条件。これからの関係性を円滑にするためにも必要な措置だ。

「……あ、あたくしはなにをすればいいのかしら」

動揺している吉田さんに、交換条件を告げる。

一瞬、戸惑っていた吉田さんだったが、すぐに頷いてくれた。

「わかったわ。やらせてちょうだい。あたくしが力になれるなら……！」

シャオランを見遣(みや)る。じいと私を観察するように見ていた彼に期待の眼差(まなざ)しを向けた。

「どうかな？」

すると、シャオランがふわりと柔らかく笑んだ。

「本当に百花にはかなわないな。俺もそれでいいよ」

「やった！」

こうして——吉田さんに向けて〝薬膳レクチャー〟をすることが決まったのである。

＊＊＊

嘘偽りないアンケートを書き上げて提出する。内容を確認した「棗」の店長さんは材料を取りに奥へ向かった。

それを見届け、あたくし……吉田冴子は、ホッと息を吐いた。

一時はどうなることかと思ったが、なんとか無事に体調を改善する薬膳を教えてもらえるようだ。本当によかった。暗闇に一筋の光が差し込んできた気分だ。

「口添えしてくれてありがとう。あなた、お名前は？」

「いえいえ、そんな。陽茂野と言います」

見た感じの年齢の割にずいぶんと気楽な恰好をした女性だ。あたくしが若い頃は、休日といえどきっちり化粧をしてオシャレしたものだが、時代が変わったのかしら。

あたくしは彼女に微笑みかけると、店長さんが去っていった方向を眺めた。

無言のままじっとしていれば、

「……シャオランって素敵ですよね。彼がいるからお店に通っているんですか？」

陽茂野さんにそう声をかけられ、ハッとして顔を向ける。

「違うのよ」と慌てて首を振る。確かに店長さんは素敵だと思うし、彼目当てに店に通っている客がいるのも知っていた。でも、あたくしが「棗」に来たのはあくまでも体質改善のため――いや、それだけじゃないわ。実はあたくしも彼女たちの同類なのかしら……。

ほんのり胸を痛めながら、先ほどの出来事に想いを馳せる。

「百花に手を出すな」とあたくしの前に立ちはだかった店長さんの姿。あれは本当に――

途端に胸がきゅうと苦しくなって、思わず陽茂野さんへこう声をかけた。

「彼、あなたがよっぽど大切なのね」

「……ええ？」

陽茂野さんは目をパチパチ瞬いている。どうやら自覚がないらしい。

「彼があなたを助けに入った時、あまりの迫力に殺されるかと思ったわ。それにあの目。表面上は落ち着いているように見えるけど、まだお前を赦さないって言っているもの」

「そ、そうですか？　そうなのかなあ……」

あんなにあからさまなのに、鈍感な子だわと面白く思いながら話を続ける。

「あの姿……まるで、お姫様を助けに入った王子様みたいだった。素敵ね。若かりし頃の夫の姿を思い出したわ」

――そう。彼は昔の夫に似ている。

あたくしがこの店に通うもうひとつの理由。それは、彼に夫の面影を見ていたからだ。

ちくりと胸が痛む。ブワッと汗が勢いよく噴き出してきた。慌ててハンカチで拭っていれば、気遣わしげな視線を陽茂野さんがあたくしに向けているのに気がついた。

「具合が悪いんですか」

「あ……。ううん、これは違うのよ。心配させてごめんなさいね」

――ああ。他人の機微に気がつける優しい子なんだわ。

なのに、あたくしはあんなひどいことを――

こみ上げてくる罪悪感に沈んだ顔をしていれば、陽茂野さんが声をかけてくれた。

「失礼ですが、もしかして……更年期障害ですか？」

ハッとして顔を上げる。陽茂野さんは気まずそうに眉尻を下げて言った。

「うちの母もそうなんです。体調に合う薬に巡り合うまでは本当に大変そうでした。汗をたくさんかいてますよね？　体の火照り……確かホットフラッシュ……でしたっけ」

すべて見抜かれていたんだわ。

あたくしは神妙な顔つきになって、こくりと頷く。

「そうなの。別に暑くもないのに、頭に血が上ったように暑くなって、汗が止まらなくなるのよ。逆に、手足がびっくりするくらい冷たくなることもあって。一日中、体が落ち着かないの。ストレスを強く感じるとなおさら」

環境も意志とも関係なく反応する体。なにもかもが自分の思い通りにいかない。まるで舵を失ってしまった船にでも乗った気分だ。

「気分の浮き沈みも激しくなって。少しのことでカッとなるの。イライラが止まらなくて、他人に寛容になれない。今朝も夫に喚き散らしてしまった……」

きっかけはほんの些細なことだった。トイレットペーパーの芯を捨てていなかっただとか、靴下を脱ぎ散らかしてそのままだったとか。

口さがなく言う必要なんてひとつもなかったのに、感情がコントロールできなくて言い過ぎてしまった。

優しい夫は、困った顔をして「そうか」とだけ返していたけれど――

「今日こそ夫に愛想を尽かされてしまったかもしれない」

不安な気持ちを抑えきれずにシュンとしていれば、陽茂野さんがあんぐりと口を開いたまま固まっているのに気がついた。なにごとかと戸惑っていれば、急に両手を摑まれる。

ギョッとして目を瞬くと、彼女はなぜだか興奮気味に言った。

「旦那さんに嫌われたくなくて、元の自分に戻りたいんですね。すごく素敵……！」

「えっ……」

キラキラした眼差しを向けられ戸惑う。頬が熱い。それは決して更年期障害から来る火照りじゃない。図星を指されたからこその症状だ。

そんなあたくしをよそに、陽茂野さんはしみじみと語っている。

「旦那さんが大好きなんですね。熟年になっても冷めない想い。いいなあ～」

「え、いや。あの……えっと!?」

こんな歳だもの。夫への愛情を知られるのは恥ずかしい気がした。なのに、上手く言い訳が見つけられなくて——結局、素直に本音を吐露する。

「……ええ。好きよ。とても尊敬しているわ。何年経ってもこの気持ちは色褪せない」

夫とは見合いで知り合った。一目惚れだった。見合いの席で、雷に撃たれたように動けなくなったのを覚えている。

「本当に、本当に若かりし頃の彼は素敵だった。ううん、今も変わらない。むしろ年齢を重ねるほどに魅力が増していると思うの。あたくしにはもったいないくらい……」

夫に比べてあたくしはどうだろう。

更年期障害に翻弄され、イライラを夫にぶつけて、彼の安寧な日々を脅かしている。そんな自分が心底嫌になりそうだった。

「だから……できるだけ早く、この症状をなんとかしたいの」

今のあたくしが夫にふさわしいとは思えない。

歳を取ることは仕方がないことだ。加齢に伴う体の不調をすべてなくしたいなんて贅沢は言わない。ただ穏やかに笑っている夫のそばにいたい。それがあたくしの願い。

——どうして？　不摂生をしてきたつもりは欠片もないのに。

なんで生きているだけで、こんな症状に苦しめられないといけないの。

誰か助けて。

あたくしが、愛おしいあの人から完全に嫌われてしまう前に。

＊＊＊

「なら、なんとかしましょう」

切々と語り終えた吉田さんに、準備が終わったらしいシャオランが力強い言葉で割り込んだ。泣きそうな顔になった吉田さんへ、シャオランは自信たっぷりに胸を叩く。

「いつまでも色褪せない気持ち、素敵だと思いますよ。任せてください」

そう言ったシャオランの表情からは、先ほどまでの陰りは拭われていた。

むしろ、力になってあげようとやる気を見せているように思う。

なにか共感するところでもあったのだろうか……？

「……！　よろしくお願いします！」

神妙な顔つきになって頷いた吉田さんへ、シャオランは説明を始めた。

「更年期障害の原因は、西洋医学ではホルモンバランスが崩れているためだと言われています。一方、中医薬学では〝腎〟の〝陽気〟と〝陰気〟が乱れているからだと考えられているんです」

「腎？　陽気？　陰気？」

「〝腎〟は、〝五臓〟の中のひとつで生命維持機能なんかを司（つかさど）っています。〝陽気〟は、体を温めて活発に活動するためのエネルギーを指します。〝陰気〟は血液や体液、汗とか精液……体を形作るすべての液体を指すんです。〝腎〟の陽気が不足すると、体の冷えが出たり、お腹（なか）が張ったり、むくんだりする。陰気が不足すると、眩暈（めまい）がしたり、口の渇きを覚えたり、体が火照ったりするんです」

「じゃあ、今のあたくしは〝陰気〟が不足しているのね。汗が止まらないもの」

「そういうことになりますね。なら、どうすればいいのか。実は、一日の中でも人間の陰と陽は刻一刻と変化しています。その時々に合った食材を口にするのが大切です」

シャオランがまず用意したのはゴボウ、レンコン、ひじきだった。

「新ゴボウは春が旬ですね。体を冷やす強い作用があって、風邪の引き始めや、喉を痛めた時なんかに食べるといいんです。ひじきも春が旬なんですよ」

春のゴボウは皮も柔らかい。剝かずに短冊切りにして、ひじきは水で戻しておく。

「旬じゃないけど、火照りにはレンコンもいい。体液を補って全身を潤してくれる。今は年がら年中手に入るから、火照りが気になるなら常食してもいいかもしれません」

レンコンは皮を剝いて半月切りに。ゴボウとレンコンは酢水に晒しておく。

「この三種類の食材はね、余計な熱を逃がすのにすごくいい」

フライパンにゴマ油を引けば、ふわっと食欲をそそる匂いが立ち上る。すり下ろしたニンニクを少々入れ、

「あとは炒めていくだけです」

三種類の食材を投入すればパチパチ楽しげに油が跳ねた。ジュワワワ……といい音を響かせながら、シャオランが軽快に鍋を振る。食材に油が絡み、火が入ってきてしっとりしてきたら、ナンプラーにみりん、淡口醬油を入れて味を調える。

「最後に――」

「えっ!?」

シャオランが鍋に入れたのはお酢である。

ツンと酸っぱい匂いが立ち上ってきて、驚きのあまりに言葉を失う。

意外な組み合わせに驚いていれば、最後に白ごまを和えたシャオランが笑った。

「さあ、これで完成だ。根菜とひじきの酢きんぴら！　食べてごらん」

吉田さんと顔を見合わせ、ドキドキしながら箸をつける。

――シャクッ！

口にした途端、軽快な音が耳に届いた。

「んんっ!?」

同時に、あまりの美味しさに変な声を出してしまう。

「びっくり。すっごく美味しい」

「本当。お酢を入れるのってありなのね」

吉田さんとモグモグしながら頷き合う。

根菜たちの歯触りが楽しいこと！　ふんわり香るのは大地を思わせるゴボウの匂い。醤油の香ばしさに、ナンプラーの強いうまみが素材の味を際立たせてくれていた。

そしてなにより酢……！　最後にふわっと感じる酸味が、胃を優しく刺激して食欲をかき立てる。

料理を口に運びながら、吉田さんとアイコンタクトで美味しいと語り合っていれば、いつの間にかシャオランは次の料理に取りかかっていた。

彼が手にしているのは、大ぶりの海老だ。

「次は〝陽気〟不足対策だ。中国では、古くから独身者に海老は禁忌とされてきました」

「……どうしてかしら？」

「精強作用が強すぎるからです。ムラムラしすぎる」

「ムラッ……!?　ゲホッグホッ！」

ちょうど水を飲もうとしていた私は、思わず噴き出しそうになってしまった。

そんな私を、シャオランはどこか楽しげに見つめている。

――もう！　もしかして狙った？

悪戯好きの幼馴染みを睨みつけると、彼は澄ました顔のまま話を続けた。

「それだけ、海老には力があるんですよ。腎を補う働きはピカイチです。血行をよくして体を温める効果もありますから、海老はすごくいい」

「そうなのね……」

吉田さんは感心しきりの様子で頷いている。

殻を剝き、背わたを取った海老の身に塩と片栗粉(かたくりこ)をまぶし、包丁で細かく刻む。粘り気が出てきたら、沸騰させただし汁に団子状にして落とす。

クツクツ沸いただし汁の中で、海老団子が踊っている。

海老が桜色に色づいてぷかぷかと浮いてきたら、水で戻したキクラゲを入れ、酒、塩、醤油で調味する。最後に入れたのはざく切りにしたニラだ。

「……美味しそう」

海老の淡い桜色、ニラの鮮やかな緑色、濃茶のキクラゲ。まるで春の野山を思わせる色合いに見蕩(みと)れていれば、シャオランはそれを真っ白なスープ皿に盛ってくれた。

「さあ、これで完成だ。〝陽気〟が足りない時に飲む海老団子スープ！」

――海老の匂い……！

ゴクリと唾を飲み込んで、レンゲに手を伸ばす。

スープの海で泳ぐ団子を拾い上げ、ふうふう冷ましてから頰張る。

瞬間、じんわり舌の上に広がった海老のうまみに身もだえした。

「海老団子の威力……！」

ぷりん、こりん。心地いい弾力に海老の甘さ！　ついでにキクラゲを口に含めば海老とはまた違う歯ごたえが楽しい。醤油味のスープを飲めば、実にあっさり。鼻孔を抜けるニラの匂い。海老の風味が全体に溶け出していて優しくまろやかな味になっている。

「ふわ……。体がほかほかする。春の陽気の中で飲むと、汗がじんわりと」

「本当。気持ちのいい汗だわ。指先まで温まっている感じ」

ハンカチで汗を拭いつつ、スープを飲み干す。

空になった皿を満足げに眺めていれば、シャオランが私たちに言った。

「これはあくまで一例です。更年期障害は、ひとつの症状だけでなく、いろいろな症状が起こるのがやっかいなんですよね。その日の体調によって適した材料を選んでいきましょう。後日、更年期障害に効く食材をピックアップして差し上げますよ」

にっこり笑ったシャオランへ、吉田さんはじんわりと目を潤ませた。

そっと箸を置き、私とシャオランを交互に見つめる。

「ありがとう。あたくし……ぜひ、教えてもらった食材や料理を日々の食事に取り入れてみるわ。きっとよくなる。そんな気がするの」

シャオランはゆっくり頷(うなず)いて、優しげな眼差(まなざ)しを彼女に向けて言った。

「旦那さんと、これからも仲良くやっていけるといいですね」

吉田さんは、パッと頬を桜色に染め――

「ええ。そう……願っているわ」

年齢を感じさせない、恋する乙女のような恥じらいを見せたのだった。

＊＊＊

「シャオラン、お疲れ様」

「どうも」

吉田さんが帰った後、ディナータイムが終わる頃にまたおいでと言われたので、私は夜遅くになってから再び「棗」を訪れていた。

照明が落とされた店内は静寂に包まれ、窓から差し込む月光に照らされている。窓際のテーブル席にはアロマキャンドルが置かれ、ゆらゆらと温かな光を辺りに放っていた。

「おお、リラックスタイムって感じ」

「だろう？　今日は月が明るいからね、これくらいでちょうどいいかなって」

ふたりで向かい合って座り、シャオランが用意してくれたお酒をちびちび飲む。

お湯で割った温かいお酒だ。ふわふわと黄色い食材が浮かんでいて、ほのかな酸味と優しい匂いを辺りに放っている。

「美味しいね、これ」

飲むたびに爽やかな柑橘の香りが鼻孔を抜けていく。優しい甘み。温かなお酒が胃に落ちると、そこからじわじわと体が温まってくるのがわかる。私好みの甘いお酒だ。

「柚子の皮と果実を蜂蜜と酒で漬けておいたんだ。そろそろ飲み頃だったから」

――シャオランはマメだなあ。

自分だったら、そもそも柚子を漬けておこうという発想すら湧かない。

「君はいい奥さんになるよ……」

「それは喜んでいいのかなぁ」

シャオランはにっこり笑うと、おつまみにと焼きそら豆を出してくれた。

「わ、ありがと！　……あちちっ」

そら豆の焦げがついた分厚いさやを少々苦労して剝くと、ふわりと白い湯気が立ち上る。ふかふかのさやに大切にしまわれていた豆が姿を現して頰が緩んだ。だけど――

「……冷めるのを待つしかないかな」

熱すぎてさやを剝くだけで限界だ。熱々を食べたかったけど我慢。

すると、横からシャオランの手が伸びてきて、ひょいとそら豆を手に取った。彼はまるで熱なんて感じてないみたいに、スルスルと皮を剝いてしまった。

「……指先の皮、どうなってんの？」

「慣れだよ、慣れ」

シャオランはクスクス楽しげに笑い、剝いたそら豆を差し出した。

そら豆に手を伸ばすも、シャオランはひょいと私の手をかわしてにんまり笑む。

「あーん」

「…………」

——うわあ。

「人の羞恥心を煽って喜ぶなんて、シャオランってばドS」

「ええ……。そういう反応？」

「バカップルじゃあるまいし。あーんはないわ、あーんは」

私は軽く肩を竦め、困惑気味なシャオランの様子を横目で窺った。

油断しているシャオランの隙を突いて、ぱくり！　素早くそら豆に齧りつく。

「美味しい！」

「……！」

シャオランは鳩が豆鉄砲を食ったような顔をして固まっている。

そんな彼をよそに、私はそら豆の優しい甘さを満喫していた。

「苦しゅうない。爺や、次も剝いてくださる？」

「……プッ……ククク。かしこまりました、お嬢様」

シャオランは喉の奥で笑って、もうひとつそら豆を剝いた。

私はさも当然のようにそれを口にして、にっこり笑う。

「この調子で、これからもわたくしに尽くしなさい。よくって？」

「あっはははは！」

シャオランはお腹を抱えて笑っている。

私は柚子酒をもうひとくち飲むと、満足げに目を細めた。

「なんにせよ、問題解決してよかったね」

「百花が襲われた時は、心臓が止まるかと思ったけどね」

「意外とデリケート？」

「そこそこ鍛えてはいるけど、実戦には弱いんだ、俺」

「なーるほど」

クスクス笑って、「吉田さん、上手くいくといいね」と頷き合う。

「長年連れ添っている旦那さんのことを今でも好きだなんて。すごいなあ……」

日本的な夫婦ではあまり見られない気がする。だからこそ、旦那さんへの想いを語る吉田さんの姿が眩しくて仕方がなかった。

憧れでじんわりと胸が温かくなる。吉田さんたち夫婦は、心身ともに互いが互いを支え合って生きているのだろう。それってすごく理想的な夫婦像ではないだろうか。

「色褪せない気持ちって本当にあるんだなって思うよ」

なにげなく呟かれたシャオランの言葉には、いやに重みがあった。

「百花はそういうの、ないの？」

「……え？」

真剣な口調で問われて、視線を宙にさまよわせる。湯気が立ち上るグラスの中にそっと目を落として、苦笑を浮かべた。

「わかんない。私……恋愛に向いてないから」

「――向いてない？」

シャオランが怪訝そうに眉を寄せる。

「なんだい、それ。どうしてそんな風に思ったの？」

彼の非難めいた口調に、私はかぶりを振った。

「アッハハ。怖い顔しないでよ。そうなのかなって漠然と思ってるだけ」

――もちろん私なりの根拠はある。そんな結論に至った経緯も。

でも、それをシャオランへ言う必要はないだろう。あくまで私の問題だ。

「ねえ、私のことは別にいいじゃない。それより、今度遊びに行かない？」

せっかく再会できたものの、シャオランとは店で会うだけだ。夏の商戦が本格的に激化して仕事が忙しくなる前に、どこかへ遊びに行くのもいいかもしれない。

「実は、どこかに旅行したくてウズウズしててさ。日帰りで行ける範囲で、ちょっと遠出しようよ。どう？」

気心の知れたシャオランとの小旅行。きっと楽しいに違いない。

シャオランはじっと私を見つめ、小さく息を漏らした。

「わかった。休みを合わせていこう。計画しなくちゃね」

ポン、と優しく肩を叩かれる。シャオランに触れられた場所から、じんわりと温かいものが広がっていく感覚がして、思わずニコニコしてしまった。

「じゃあいっぱい資料持ってくる。行き先を決めるのも旅の醍醐味だよねえ」

はしゃいで話し始める私を、シャオランは少し心配そうに見つめていた。


それから数日後のランチタイム。

麗らかな春の日差しが照らす、なんとも心地のいい日。

仕事が休みだった私は、いつものように「棗」へ食事に来ていた。

「もうお時間ですわよ！」

混み合っている店内に凛とした声が響くと、カウンター席に陣取っていた奥様方が一斉に立ち上がった。先陣を切ったのは吉田さんだ。

彼女はヒョウ柄のストールをひるがえし、上機嫌な様子でシャオランに笑いかけた。

「店長さん、今日もとても美味しかったわ、ごちそうさま。みなさんわかってますね？　薬膳について疑問がある場合は、あらかじめ質問を用意してくるように。食後のお茶を飲み終わったら長居は無用よ。お店のご迷惑にならないよう気をつけましょうね」

「「「はい！」」」

満足げに頷いた吉田さんは、支払いを済ますと店の出口へと向かう。

途中、バッチリ視線が合う。彼女は茶目っ気たっぷりに片目を瞑った。

「おお……」

へらっと笑って、小さく会釈する。吉田さんたちが去ると、残された他の客は「この店はそういうものなのか」と、ボソボソ会話を続けていた。

――かっこいい……！

吉田さんのリーダーシップの素晴らしさに感動して震える。

あの日、吉田さんに更年期障害に効く薬膳を教える代わりに私が提示した交換条件——

それはご近所の奥様方に、店への長時間滞在を控えるように周知することだったのだ。

正直、シャオラン自身も困っていたらしい。満席だからと帰っていく客は少なくない。ランチだけで数時間も粘られたら商売あがったりだ。

私の目論見は見事的中した。ここ最近、客の回転数が上がってきているようだ。

先日、吉田さんに道ばたで話しかけられた。

シャオランの教えに従って、薬膳を日々の食事に取り入れ始めたらしい。旦那さんにも好評で、楽しく体調改善に努めているのだそうだ。更年期障害の症状も最近は治まってきていて、旦那さんとの仲も好調だという。

『毎日とても楽しいのよ。朝起きるのが待ち遠しいくらいに』

そう語った吉田さんは、生き生きとしているように私には見えた。

周囲の奥様方との関わり合いも変わってきたようだ。以前のような「弱みを見せられない」という関係ではなくなってきているらしい。

吉田さんがいい方向に変わることができた。

——きっかけはシャオランのご飯だ。

くすりと笑って、しみじみ思う。

やっぱり彼のご飯はすごい。皆を笑顔にしてくれる。忙しく働いているシャオランの姿を眺めながら、私はまるで自分のことのように嬉しく思ったのだった。

四皿目　体調を崩した時は　熱を逃がす思い出ご飯

さあさあと細かい雨が窓を濡らしている。

いよいよ梅雨が近づいてきて、雨が降る頻度が上がってきた。

蒸し蒸しした空気は否応なしに体から汗を引き出し、なにもしていなくても不快指数がドンドン上がっていく。梅雨の季節はそれだけで気分が滅入るし疲れる。

そんなある日のことだ。私は自宅で夕食の準備に勤しんでいた。

「さてさて冷蔵庫より取り出したるは、お昼に買ってきたコンビニおにぎり～」

シンプルな雑穀ご飯のおにぎりである。レンジの中に放り込み、スイッチオン。続けて冷蔵庫から取り出したのは割引シールが貼られた初鰹のお刺身だ。

「フンフン……」

鼻歌交じりにお茶碗を用意する。

温まったおにぎりをポンと入れて、上に鰹のお刺身を並べる。

初夏の味の初鰹は一日経ってもまだまだ色鮮やかで、にんまりしながらお刺身に付属していた生姜を乗せた。レンジで温めたペットボトルの緑茶をたーっ！　とかければ、ふんわりと湯気が立ち上り、鰹の表面がうっすら白くなる。

「できた！　これぞジメジメした梅雨を乗り越えるための薬膳ご飯……！」

いわゆる鰹の雑穀ご飯茶漬けである。

シャオランいわく、梅雨は体に水分が溜まりやすい。

すると〝脾〟が弱って、食欲不振や消化不良を起こしやすくなるのだそうだ。

ならばと用意したのが雑穀ご飯。雑穀は〝脾〟や〝胃〟の働きを助けて〝気〟を充実させてくれる。むくみケアには粟。ひえやきびは消化不良に効く。

初鰹は水分の代謝に関わる〝腎〟を補ってくれるから、梅雨のせいで体に溜まった水分を抜くのに向いていて、ついでに生姜は体を温めてくれる。

梅雨の時期に感じるだるさや、湿気による疲労やむくみにぴったりの一品なのだ。

さらさらとお茶漬けを口に流し込む。

緑茶のいい香りが鼻孔を抜けたかと思うと、鰹のうまみが口の中に広がった。

「ああ……！　美味しい。癖になりそう」

鉄分を多量に含んだ鰹は時に生臭く感じるが、一緒に乗せた生姜の風味がそれを打ち消してくれ、優しいうまみだけが口内に広がっていく。雑穀のプチプチした食感も面白く、私は茶碗に口をつけて無心でお茶漬けをすすった。

「はあ……」

完食してホッと一息つけば、じんわりと汗をかいているのに気がつく。実に爽やかな汗だ。湿気でまいっていた体が徐々に元気を取り戻していくよう。

――まさか私が薬膳を作るとはなあ。

シャオランと再会する以前の自分からすれば信じられない。コンビニと閉店間際のスーパーで買った食材で作りはしたけど、私としては上等な部類に入ると思う。

「緑茶くらいは急須で淹れるべきだったかも。買おうかしら」

茶葉も急須もひとり暮らしでは意外と出番がない。だから、今まで必要だとすら思わなかったのだ。まさか急須がほしくなるなんて驚天動地の出来事と言えよう。

――シャオランは私にいろんなことを気づかせてくれる。

食事の大切さも、幼馴染みと気安く話す楽しさも。

仕事ばかりに熱中していた私の世界を、彼はほんの少し広げてくれた。

「……感謝しなくちゃね」

擦り寄ってきた愛猫のシロの喉をくすぐりながら呟く。

この春はいつもより身も心も軽く、体調もすこぶるいい。

──薬膳をたくさん食べたからかな？　それだけじゃない気もするけれど……。

「なんでだろうね？　シロはどうしてだかわかる？」

「ゴロゴロゴロ……」

ニコニコ疑問を投げかける私を、シロは上機嫌に喉を鳴らしながら見つめている。

私の生活を日々目の当たりにしている愛猫は「なあん」と意味ありげに鳴いた。

愛嬌溢れる顔は、まるで「すべてを知っている」と言わんばかりだ。

「なあに？　なんて言ったの……」

クスクス笑いながらシロが気持ちいい場所を撫でてやる。

猫と戯れながら、私はささやかな満足感と達成感に浸っていた。

＊＊＊

──カラン、カラン。

「うう……寒い」

翌日の仕事終わり。疲労で重たくなった体を引きずって、ノロノロと「棗」の店内に入った私は、スプリングコートに着いた雨粒を手で払った。

コートをハンガーにかけると、ぞぞぞと寒気を感じて身を縮める。ずいぶんと体を冷やしてしまったらしい。早く温まりたい気持ちでいっぱいだ。

店内に視線を遣(や)ると、雨だからか客がいない。すでに八時半だ。閉店時間が迫っているせいもあるのだろう。シャオランはカウンターの奥で誰かと電話をしている。

「……ああ、ああ。わかったってば。あんまり無茶言うなよ、兄さん」

電話の相手は双子の兄である王浩宇(ワンハオユー)のようだ。

カウンターに腰掛け、通話が終わるのを大人しく待つことにする。

「いらっしゃい」

電話が終わり、私に気がついたシャオランはパッと表情を明るくした。

「ずいぶんと遅かったね」

「週末、店でイベントをやるの。告知のチラシを駅前で配ってたら、こんな時間になっちゃった。待たせちゃったね、ごめん」

「この雨の中？　ちょっと顔色が冴(さ)えないね。温かいお茶でもどうだい？」

さすがシャオラン。彼の気遣いに感謝しながら笑顔で頷(うなず)く。

「ありがと。寒くて死にそうだったから助かる！　……ねえ、さっきの電話の相手、シャオユーだよね？　懐かしいなあ！」

王浩宇の愛称を口にすれば、お茶の準備をしていたシャオランは曖昧に頷いた。

「最近、いろいろと相談に乗ってもらってるんだ」

苦笑いを浮かべる。ちらりと私に視線を遣り、

「もっと強引に行けだなんて。兄さんたら好き勝手言って」

と、ブツブツ呟いた。

「ん？　どうしたの」

思わず聞き返せば、シャオランは「なんでもない」と小さくかぶりを振った。

視線を宙にさまよわせた後、そろそろと口を開く。

「今日のメニューだけど、こういう冷える日は、鍋が美味しいと思うんだよね。胃腸が弱りやすい春は、温かい食事を食べるといい。薬膳的にも間違いない」

「……？　そうだね。確かに」

ざあざあ降りしきる雨は止みそうにない。芯から冷えてしまいそうで鍋は魅力的だ。

「へっくし」

小さくくしゃみをして鼻を擦る。いやはや本格的に鍋が恋しくなってきた……。

「こんな日にお鍋を食べたら美味しいだろうねえ」

するとシャオランはパッと表情を輝かせた。

「だろ⁉　……でも、店にはひとり用の鍋も、卓上コンロもあいにくなくて」

「ふむふむ」

――卓上コンロくらいはあった方がメニューの幅が広がりそうなのになあ。

まあ、置く場所を考えたら幅を取りそうだし。事情があるんだろうとぼんやり思っていれば、シャオランはどこか遠慮がちに言った。

「よかったらなんだけどさ。……うちで鍋にしないかい？」

「え」

「たぶん、今日はもう客は来ないと思うんだ。店は閉めてもいいかなって。材料は揃ってる。うちはここからそう遠くない。……どう？」

「……えっと、ふたりで？」

「うん。店より家の方がゆっくり話せるだろうし」

「そっか」

パチパチと目を瞬いて、じっとシャオランの顔を見つめる。

彼の薄墨色の瞳にはやけに真剣な色が滲んでいて、思わずたじろいだ。

――えっと……？　これから……シャオランの家に？　私が？

外を見遣れば、すでに闇に包まれている。こんな時間に成人男性の部屋に上がり込むなんて気が引けるし、付き合ってもいない相手を誘うのはいささか不自然だ。

「会えなかった間の話を聞きたいんだ。いいだろ？」

じっと見つめられ、思わず視線をカウンターの上に落とす。

どうにも落ち着かない気持ちになる。シャオランはいつもと同じ優しい口調だ。なのに、心地よく響く声の向こうに甘やかななにかが潜んでいる気がして……。

私は小さく息を漏らすと、わずかにかぶりを振った。

──馬鹿ね。なにを考えているのよ。

自宅に誘うなんて、幼馴染みであれば別段特別なことじゃない。

事実、小さい頃はシャオランの家へよく遊びに行っていた。

大げさに反応したら「別に食事をするだけなのに」と困惑させてしまうかもしれない。

普通の食事の誘いと、そういう意図がある誘いを混同してしまうなんて……。

──本当、私に恋愛は向いていない。危うく勘違いするところだった。

固唾を呑んで私を見つめているシャオランへ、にこりと微笑む。

パッと頬を赤らめた彼へ、私はいつもの調子で言った。

「じゃあ、お邪魔しようかなあ。なんかこういうの久しぶり。小学校ぶりかな？　大人になってからも家を行き来できるっていいよね。幼馴染みってすごいなあ」

瞬間、シャオランの表情が曇った。

「……そう、だね」

「今度、よかったら私の家にも来てね。あ、実家でもいいよ」

私の言葉に、シャオランはとても寂しそうな笑みを浮かべて答えた。

「うん。そうさせてもらうよ」

「……アハハ……」

乾いた笑みを浮かべた私は、別になにも用事がないのにスマホを取り出した。

シャオランが動き出す。エプロンを外してカウンターに置く。店内の照明をいくつか落とすと、視界が薄闇に染まった。本当に店じまいするつもりのようだ。

「じゃあ、支度してくるよ。お茶でも飲んでいて」

「うん。待ってる」

湯気が立ち上るカップを置いたシャオランが厨房に消えたのを確認して、画面をスワイプする手を止める。そして……勢いよくカウンターに突っ伏した。

「び、びっくりした……」

心臓を必死になだめる。勝手に変な妄想をした挙げ句に動揺するなんて。本当に馬鹿。

寒気を感じているのにじんわりと汗をかいている。頬も火照っているし……変なの。

目を瞑(つぶ)れば、頭の中に誰かの声が聞こえてきた。

まるで壊れたテープみたいに何度も同じ言葉を繰り返している。

『――十年間無駄にした』

ギュッと胸が苦しくなって、息が詰まりそうになる。私はふるふると頭を振って、シャオランが用意してくれたお茶に口をつけた。

「……プッ。クスクスクス……」

――笑い声？

声の主を探して視線を巡らせる。入り口の扉がうっすらと開いていた。声はそちらから聞こえるようだ。怪訝(けげん)に思った私は、そっと扉へ近づいていった。

「おっかしい！　あの王浩然(ハオラン)が……！　最高だわ。いいものを見た」

気づかれないように注意しながら外を覗(のぞ)き込んだ。

「「あ」」

すると、そこにいた人とバッチリと目が合ってしまった。

「……ニイハオ！　はじめまして～」

扉の陰にしゃがみ込んでいたのは、えらい美人さんだ。

その人は、綺麗な顔に艶めいた笑みを浮かべて、ひらひらと手を振ったのだった。

美人さんは李娜と名乗った。

「日本の友達にはリナって呼ばれてるの。あなたもそう呼んで。よろしくね」

「は、はあ……」

カウンターに座り、やたら長い脚を組み替えた李娜は、茶目っ気たっぷりに片目を瞑った。李娜は私と同じくシャオランの幼馴染みなのだそうだ。といっても、彼女と私は面識がない。彼女はシャオランが日本を離れ、中国で暮らすようになってからできた幼馴染みだからだ。たまたま日本を訪れていたから「東」に寄ったそうで……。

彼女いわく――「美味しいお寿司を食べたかったから、ふらっと日本へ来た」。

「プライベートジェットで来たの。お寿司、美味しかったわ！」

「ほ～……」

「やっぱり、お寿司は銀座じゃないと。そう思わない？」

「な、なるほど……？」

まぎれもなくセレブである。彼女の親は北京の中心街に何本もの高層ビルを持っていて、経済界でも名の知れた存在らしい。李娜自身もモデルとして活躍していて、パリコレも経験したことがあるのだそうだ。

——それにしても美人。圧が……！　圧がすごい！

李娜がまとうあまりにも煌びやかな雰囲気に、思わず目を眇める。

艶やかな栗色のロングヘアー。睫毛は驚くほど長く、大きな瞳を豪奢に縁取っている。

ぽってりした唇は熟れた果実のよう。スタイルはもちろん抜群で、日本のモデルにありがちなすらりとした体型ではなく、ハリウッド女優のようなメリハリのある体だ。

——一体、なにを食べたらこんな風に成長するのだろう。きっと、私の知らないオシャレ野菜とか、オシャレスムージーとか、オシャレ肉とかだわ……。

謎の確信。なのに、あながち的外れじゃない気がするのはなぜだろう。

「モモカちゃん、今度一緒にお寿司行きましょうね。私、美味しいお店を知っているの」

李娜は優雅な所作で再び脚を組み替え、どこか余裕のある笑みを浮かべた。

「わ～。嬉しいです……」

——モモカちゃん。私の方が年上のはず……なんだけども。

まあいいかと思考を放棄する。そのお店は一食おいくらですかという疑問を呑み込みつつ、へらりと愛想笑いを浮かべた。

彼女のような人と交流するなんてあまりない機会だ。じっくり観察しておこう。

セレブ。それは庶民にとって、アマゾンの奥地に潜む未発見部族のようなものである。

「……なんで来たんだ」

一方、シャオランはというと、店内に李娜を見つけた途端、ひどく渋い顔になった。

彼にしては珍しく表情の抜け落ちた顔だ。恐ろしく冷たい印象がする。

――シャオランって、こんな顔をする時もあるんだ……。

内心驚いていれば、李娜はニコニコしながら首を傾げた。

「水くさいわね。あなたがお店を開いたから祝いに来たに決まってるでしょ。なにも教えてくれないなんて！　花くらい贈らせてほしかった」

「いらないよ。君に祝ってもらうほどじゃない」

「あら」

李娜は意味ありげに目を細め、指先のネイルをいじりながら言った。

「ひどいわ。婚約者に向かって」

「――こんっ⁉」

思わず変な声を上げる。李娜は嬉しそうに笑った。

「んふふ、そうなの。私、シャオランの婚約者なのよ」

「……いい加減にしてくれないか。元、だろう？　もう解消してる」

「そうだったかしら？　あなたのお父様は私たちの結婚にまだ乗り気だわ」

剣呑なシャオランの言葉に、李娜はのらりくらりと答えている。

私はストンと近くにあった椅子に腰掛けて、ふたりを眺めた。

シャオランの父親が実業家だとは知っていたが、李娜ほどの令嬢と息子を婚約させる程度には社会的に高い地位にいるようだ。

そのことに驚きつつも、私は内心納得してもいた。

まるで深紅の薔薇みたいに艶やかで力強い雰囲気を持つシャオラン。

そして、誰もが惹き付けられずにいられない艶やかな大輪の花を思わせる李娜。

ふたりは誰がどう見たってお似合いだ。

その時、あることに気がついた。

「牡丹……」

李娜が身にまとったワンピースには大きな牡丹が刺繍されていた。深紅の花弁に目を奪われていれば、李娜は、まるでそれを誇示するかのように手で触れる。

「牡丹は私が一番好きな花なのよ。公言していたら、私がメインモデルを務めさせてもらっているブランドで今年のモチーフに取り上げてくれたの！　素敵でしょ」

にっこり笑った李娜に、私は「すごくいいですね」と曖昧に頷いた。

——牡丹……。もしかして、シャオランのタトゥーって。

彼が何度も指先で触れていた入れ墨は……確か牡丹の絵柄だったはずだ。

「そっか……そういうことか」

——シャオランには、こんなに美人な婚約者がいたのだ。

私は苦笑いを浮かべると、シャオランへ向かって「今日は帰るね」と告げた。

「ど、どうしてだよ。百花(ももか)」

困惑しているシャオランに、ニッと笑う。

「だって、婚約者さんがいる人の部屋に、私なんかが上がり込むわけにいかないでしょ」

「だから違うって……！」

「照れ隠しはいらないよ。久しぶりに会ったんでしょ。ゆっくり話したら？」

席から立って、まだ濡(ぬ)れたままのコートを羽織る。

「また来るよ。リナさんと仲良くね？」

ひらひらと手を振れば、シャオランは複雑そうな顔をして黙り込んでしまった。

李娜との間になにかがあったのだろう。素直じゃない反応に苦笑を漏らす。

——つきん。

瞬間、胸の奥がわずかに痛んだ。

思わず首を傾げる。胸が痛む理由なんてないはずだ。

不思議に思いながらも歩き出すと、コートの冷たさがしんしんと身に沁みてきた。ぶるりと小さく震える。どうしたのだろう。いやに冷える。

コートの襟をかき合わせてみても、一向に寒さが和らぐ気配はない。

瞬間、ぐらりと体が傾いだ。

なんだか変だ。足が重くて歩くのが辛い。そっと首に触れれば、びっくりするほど熱いのがわかった。どうやら雨に打たれたせいで発熱してしまったようだ。

──帰らなくちゃ。私が不調だって知られたらシャオランを心配させてしまう。ふたりの邪魔をしたらいけない。早く家へ……。

途端、足から力が抜けてしまい、思わず近くにあった椅子を摑む。

──駄目だ。体が言うこと聞かない……。

体を起こしていられなくて、ズルズルと崩れ落ちる。

「……百花!!」

シャオランのひどく焦った声。彼がこちらに駆け寄ってくるのがわかった。

──駄目だよ、婚約者の前で他の女に気を取られたら。怒られてもしらないよ?

小さく笑う。頭がふわふわして思考がまとまらない。

「百花、しっかりしろ。百花、百花……」

シャオランのたくましい腕が私を力強く支えた。ああ、大人の男の人だと思う。

彼はもう少年ではないのだと、いまさらながら実感する。

「百花……！」

シャオランと過ごした幼き日々。あの頃は本当によかった。なにも縛られずに、お互いがいるだけで満足していた。本当に……それだけでよかったのだ。

体から力が抜けて、どこまでも落ちていくような感覚に囚(とら)われる。瞼(まぶた)の重みに耐えられず目を瞑れば、私の意識はふつりと途切れたのだった。

＊＊＊

——これは夢だ。

目の前の光景を見た瞬間、すぐにわかった。

古ぼけた板張りの天井。四角い吊(つ)り下げ照明。子どもっぽい猫柄のカーテン。木の柵に囲まれた子ども用のベッド。お気に入りのレモンイエローの掛け布団。机の上には大きなランドセル。それはひとり暮らしをするために出たはずの、実家にある自室だった。

夢の中で、私はウンウン唸りながら寝込んでいた。

体が熱い。なのに寒気を感じる。熱がこもっているのに汗が出ない。自分の体が自分のものじゃないような感覚……。家の中は静まり返っていて、時計の秒針の音だけが響いている。私以外の家族は不在のようだ。

――ああ、懐かしい。

これはたぶん、両親が不在の時の夢だ。

私の家は、父と母の共働き。しかもふたりとも看護師だった。

私が仕事好きなのは両親に似たからだ。父と母は仕事に命をかけているような人で、嬉々として夜勤に臨むタイプだった。両親は私を普通に可愛がってくれたものの、仕事の都合上、どうしても家でひとりになることが多かった。きっと、この日も緊急オペが入ったとかで両親が不在なのに違いない。

私は誰かのために懸命に働く父と母が大好きだ。尊敬もしていた。看護師はお医者さんと一緒に患者さんの命を救っているのだと、友人たちへ自慢していたくらいだ。

それもあり、たとえ具合が悪かろうと両親が仕事で遅くなると言えば黙っているのが常だった。子ども心に両親がいないと患者さんが困ることを理解していたからだ。

寂しくなかったと言えば嘘になる。

友人たちのように、もっと親に構ってもらいたかった。仕事上、長期間家を空けられない両親だったから、一度も家族旅行に行けなかったのだ。

——旅行会社に勤めたのは、その反動だったのかもなあ。

どこにも行けなかった幼少期の鬱憤を、大人になって解消しているのかもしれない。

頭では両親が忙しいのは仕方がないと理解していた。

でも、心ではずっと……〝寂しい〟と叫び続けている。それが私の子ども時代。

そんな私を支えてくれていたのが——彼だった。

——バタン、と玄関の扉が閉まった音がした。

ギシギシと誰かが階段を上ってくる。

私の部屋の扉を開けて顔を覗かせたのは、ひとりの少年だ。

その子の顔を見た途端、寂しかった部屋の中が華やいだ気がした。思わず頬が緩む。少年はベッド脇に立ち膝をして顔を覗き込んできた。

『お待たせ。寒くない？　喉は渇いてない？』

『うん、平気……』

『スポーツドリンク買ってきた。冷たいシートも。貼る？』

『貼る……』

小さな手が私の額に伸びてくる。少しぎこちない手付きで貼られた冷感シートの心地よさにうっとりと目を細めれば、少年が私を心配そうに見つめているのがわかった。

黒髪に薄墨色の瞳、利発そうな雰囲気を持った少年……。

——シャオランだ。

安堵感が胸の中に満ちて、幼心にもう大丈夫だと確信が広がっていく。

わが家の隣に住んでいたシャオランは、学校が終わると毎日のように私と遊んでいた。

お互い学校ではあまり話さなかった。微妙な年頃だったのだ。

けど、家に帰れば話は違う。私たちは頻繁にお互いの家を行き来していた。

シャオランの両親も、うちと同じくらい家にいない人たちだった。更には、彼の双子の兄である王浩宇は父親と折り合いが悪く、友人宅に入り浸りで不在がちだったのだ。家に取り残された私たちが仲良くなるのは、自然な成り行きであったと思う。

だから、こんな風に熱を出した時は看病し合うのが常だったのだ。

『シャオラン、ありがと』

『うん。どういたしまして』

熱で赤くなった顔で、シャオランにお礼を言う。

私にはシャオランがいる。そう思うとなにも怖くなかった。どんなに体調を崩したって、どんなに両親が忙しくたって、寂しくても辛くはなかったのだ。

『ねえ……』

ふと、あることに気がついて彼の顔に手を伸ばした。口の横に青黒い痣ができている。腕を見れば、打撲痕をいくつか見つけた。また父親に殴られたのだ。私は自分のことのように泣きたくなった。どうして大人は、シャオランに暴力を振るう彼の父親を放っておくのだろう。当時の私はそれがなによりも許せなかった。

『また、怒られたの？』

シャオランはこくりと頷いた。

『塾の順位が少し落ちちゃったんだ』

言葉少なに暴力の原因を告げた幼馴染みに、思わず険しい顔になる。

見れば、シャオランの瞳が潤んでいるのがわかった。やがて、みるみるうちに涙が盛り上がってきて、こぼれた雫はポロポロと少年の頬を濡らし始める。

『大丈夫？』

私は熱で重だるい体を起こし、シャオランの頭を優しく撫でてあげた。

『……でもきっと、また頑張るんだよね？』

小さな声で訊けば、彼はこくりと頷いた。息子の小さな失敗すら許さず、すぐに暴力を振るう父親。そんな父親から身を守るためにシャオランは努力を惜しまなかった。

誰からも文句が出ない成績を残す。そうすれば父親は満足するし暴力を振るわない。

それが、力では父親に及ばない少年が自身を守るために覚えた対抗策だったのだ。

思えば、私たちはなんとも絶妙なバランスでお互いを支え合っていた。

両親に構ってもらえずに孤独を持てあましていた私と。

父親からの理不尽な暴力に晒され、いつも傷ついていたシャオラン。

生まれたての仔猫が、生き残るために暖を取り合っているような……そんな関係。

『ねえ、熱が下がったら……また、恐竜の話を聞かせてよ。ね、いいでしょ？』

しょんぼりしている彼から笑顔を引き出そうと、いつものように提案する。

『……いいの？　お父さんは、そんな無駄なことは覚えなくていいって』

『ばっかだなあ！　私は、シャオランが好きな話をたくさん聞きたいの』

ぱちくりと目を瞬いたシャオランは、パッと頬を染めた。男の子にしては白く、透き通った肌が薔薇色に染まる。彼はギュッと拳を握って、ゴシゴシと袖で涙を拭う。

そして、ふにゃっと気が抜けた猫みたいな笑みを浮かべた。

『――うん。聞いてほしい。百花、いつもありがと』

シャオランは私の手をそっと握り、安堵に満ちた表情を浮かべた。

『百花がいてくれてよかった。本当に……』

じわじわ。風邪に伴うものとは違う柔らかな熱がこみ上げてきて照れくさい。

『……へへ。私もだよ。シャオランがいてくれてよかった』

お互い様だと笑う。

シャオランは小さく頷(うなず)いて、目を真っ赤にしたまま言った。

『ご飯、持って来たんだ。食べる？』

いそいそと袋の中からタッパーを取り出す。

そこには、たっぷりと飴色(あめいろ)のあんが絡んだ野菜があった。

『ちょっと風邪気味かもってお母さんに言ったら、出かける前に作ってくれたんだ』

「わあ！」と歓声を上げて顔をほころばせた。たとえ食欲がなくとも、その料理を食べれば元気になれると経験上知っていたからだ。

『無理しないで、食べられるぶんだけでいいからね』

『わかった。シャオランもお手伝いしたの？』

私が訊(たず)ねれば、シャオランは得意げに鼻の下を擦った。

『うん、一緒に作ったよ』

『すごい！』

『手伝っただけだけど？』

『すごいったらすごいの。私、料理苦手だもん』

ちょっとムキになって言うと、シャオランは嬉しそうにクスクス笑っている。

シャオランは最近料理にも興味が出てきたようで、母親と一緒に作っては、たびたび差し入れてくれる。これがなにを食べても美味しくて、私にとって密かな楽しみだった。両親が多忙なせいで、スーパーのお惣菜が食卓に上ることが多かったからかもしれない。

『シャオランが作るご飯はね、いつだって私に元気と幸福を運んでくれるんだよ』

なにげなく本音をこぼせば、シャオランは驚いたように私を見つめていた。

『シャオランのご飯は幸せな味がする……！　毎日食べられたらいいなって思うくらいに美味しいの。私が保証するよ』

『お世辞じゃないよ、ホントだよ』と重ねて言えば、彼は顔を真っ赤にしてうつむいてしまった。照れてしまった幼馴染みに笑いかけ、タッパーの蓋を開ける。

ふわっと白く立ち上る湯気、胃を刺激する匂いに、堪らず唾を飲み込む。

『いただきます』

スプーンを差し込み持ち上げれば、ねっとりとしたあんがこぼれ落ちて糸を引く。

――ああ！　美味しそうだなあ……！

私はにっこり笑うと、大きな口を開き――

「――百花？」

「はっ……」

その瞬間、意識が急速に浮上した。

パチパチと目を瞬くと、知らない天井が目に入ってきて混乱する。

――ここはどこだろう。私は……。

勢いよく起き上がると、ズキリと頭が痛んだ。同時に、ふわふわと浮遊感を感じて体勢を崩す。すると、誰かが体を支えてくれた。

「倒れたんだ。無理しないで」

「シャオ……ラン？」

間近に彼の整った顔があって目を瞬く。

夢から醒めたばかりのぼんやりした頭のまま、彼の顔に手を伸ばした。滑らかな肌には傷や打撲痕は見つけられない。

「お父さんに殴られた痣、綺麗に消えたね。怪我、治ってよかったねえ……」

シャオランは小さく笑みを浮かべた。

「最近は、父に手を上げられることはなくなったけどね。身長も俺の方が高くなった。さすがに自分より体格のいい息子に拳を向ける気概はないみたいだ」

「……あっ」

夢から醒めていた事実にいまさら気がついて、パッと顔を赤らめる。クスクス笑ったシャオランは、私をベッドの上にそっと押し返すと、かたわらに座って見下ろした。

おもむろに私の額に手を伸ばす。ひんやりとした彼の手が額に触れた瞬間、あまりの温度差に身を硬くした。

「まだ熱が下がってないみたいだね。明日は仕事を休んで病院に行くんだ」

「うん……」

「あの時のこと、覚えてる？」

シャオランの問いに首を横に振ると、彼は心配そうに私を見つめた。

「店で倒れたんだよ。触ってみたらすごく熱くて……。体調が悪かったんだね。無理をしなくてもよかったのに。痛いところはないかい。どこか打ったかも」

「大丈夫。ごめんね。迷惑かけちゃったね」

ほうと息を吐くと、それすらも熱を持っているような気がする。

寒気はしないものの節々が痛む。長時間、雨に打たれたのがよほど堪えたらしい。

「シャオラン、ありがとうね。ここは……？」

「俺の家。百花の家に送り届けた方がいいとは思ったけど、場所を知らなかったし」

「そうなんだ」

ゆっくりと辺りを見回す。

シャオランの部屋は広かった。１Kで、いわゆるデザイナーズマンションだ。コンクリート打ちっぱなしの壁、家具は黒一色で揃(そろ)えてあって、ほんのりとお香の匂いがする。落ち着いた雰囲気の部屋だ。先ほどまで降り続いていた雨は止(や)んだようで、窓の外は夜らしい静寂さに包まれている。

「なんか意外」

思わず呟(つぶや)くと、シャオランが不思議そうに首を傾(かし)げた。

「どうして？」

「だって、前の家は……もっとキラキラした金色の置物とかたくさんあったから」

私の言葉にシャオランはクックッと喉の奥で笑った。「そうだね」と頷くと、当時のことを思い出しているのか、しみじみと語り出す。

「あの頃は両親が風水にハマっていてね。会社の業績がなかなか上がらなかった時期だったのもあって、金色の龍像やら、水晶やら……家のあちこちにあったなあ」

「新しく追加された風水グッズが怖すぎて、ふたりで号泣した事件もあったねえ」

「あれだろ？　暗がりに飾ってあった掛け軸。直前まで心霊番組観(み)てたからなあ」

「暗闇の中、ひげ面のおじさんの顔が浮かび上がって見えて、本当にびっくりしたね」

「夜にトイレに行くのがしんどかったなあ……」

笑い合って、当時の思い出に浸る。

あの頃は本当に楽しかった。シャオランと過ごす日々は穏やかで、優しくて、充実していて……当時の思い出は私にとって宝物だ。

ううん。当時だけじゃない。今もそうだ。彼と過ごす時間はとても心地いい。

でも——それも終わりだ。

婚約者がいるのを知ってしまった以上は、同じ関係ではいられない。

李娜からすれば、私の存在は目の上のたんこぶだ。

拗(こじ)れる前に離れるべきだろう。それがきっと大人として最良の選択だから。

——大丈夫。シャオランと再会する前の日々に戻るだけだ。

つきん。また胸が痛んだ気がしたけど、熱でぼやけた頭では深く考えられない。

「いろいろとありがとう。今日は帰るよ。今度お礼をさせてね」

起き上がってベッドから降りようとするが、すぐに止められてしまった。

シャオランが私の腕を摑(つか)んでいる。その手が先ほど見た夢よりもずっと大きく、筋張っていて、体調不良とはまた違う熱が滲んできた。

内心動揺している私をよそに、シャオランはにこりと笑って言った。

「待って。お腹空いてない？」

「え？　いや、別に……」

——ぐう。

瞬間、お腹が自己主張する音が部屋に響いた。

「わ————!!」

大声を上げて、慌ててお腹を押さえる。そういえば、お昼からなにも口にしていない。

でも、このタイミングで鳴らなくたって……！

あああああ、正直すぎる体が辛い。

シャオランはバッチリお腹の音を聞いたようで、うずくまって笑っている。

「ううう、もうやだ……！」

「ク、クククク……。せっかく作ったからさ、食べていってよ」

そう言うと、シャオランはさっさとキッチンへ行ってしまった。

ぽつんと取り残された私は、布団に顔を押しつけて羞恥心に悶える。

——ああもう、どうして私はこうなのかなあ！　……あ、お布団いい匂い。柔軟剤はなんだろう……って違う！　人様の布団の匂いを嗅ぐなんて私は変態か！

自分の残念さ加減にうんざりして顔を上げる。

すると、ぷうんと食欲をそそる匂いが漂ってきた。

どこかで嗅いだ覚えがある。

懐かしくて、胸がじわっと温かくなるような——そんな匂いだ。

「お待たせ」

シャオランがお盆を手に戻ってきた。お盆の上には土鍋とお茶碗が乗っている。

「無理しないで、食べられるぶんだけでいいからね」

「…………」

まさに先ほど見た夢どおりの言葉に思わず目を瞬く。

その間にも、シャオランはテキパキと準備を進めていった。

布巾を手にして土鍋の蓋を開くと、中からふわりと柔らかな湯気が上った。

現れたのは——とろりとした飴色のあんがかかった野菜だ。

「これって……」

思わずシャオランの顔を見つめる。彼はどこか嬉しそうに言った。

「懐かしいだろ？　あの頃、具合が悪い時によく食べたね」

私の手に料理を盛ったお茶碗を握らせ、シャオランは続けてレンゲを渡した。

あんがかかった半透明の野菜。それは私の記憶に間違いがなければ冬瓜だ。冬と名にある癖に夏野菜な冬瓜は、梅雨の時期……六月頃からが旬だ。

それと、あんに混じった細長い白いものは——ホタテの貝柱。

干し貝柱を水で戻し解したもので、うまみがギュッと濃縮されている。

それらを、葛粉を使ってあんかけに仕立てた料理だ。

「熱いからね、気をつけて」

「…………。うん」

レンゲを持ち上げて息を吹きかける。あんはかなりの熱を持っていた。恐る恐るレンゲを唇に近づけて、温度を確かめてから口に運ぶ。

「……美味しい……」

頬がゆるゆると緩む。

干し貝柱を戻した出汁を使ったあん。ホタテの強烈なうまみを、淡口醤油の香ばしさが引き立てている。トロトロに煮込まれた冬瓜は、口に含むと舌で押しつぶせるくらいに柔らかい。あんのうまみに冬瓜の優しい味わい……。熱で弱った胃腸に一切の負担をかけず、ゆっくり体に吸収されていった。

ホッと安堵の息を漏らしていると、シャオランがいつものように説明してくれた。

「わが家では、曾祖母の頃から高熱が出た時はこれって決まっていたんだけど、薬膳的にも正しいんだ。冬瓜は五性で言うと〝寒性〟。体のうちにこもった熱を逃がしてくれる。ホタテは〝平性〟で体の熱に影響はないけど、腎の働きを補って滋養強壮にいい。冬瓜だけだと体が冷えすぎるから〝温性〟の葛粉でとろみをつける——昔の人は、どの食材をどう使えば体調不良に効くか、自然と理解していたんだね」

「そうなんだ……」

話を聞きながら、もうひとくち。

滋味溢れるあんかけは、私の体から余分な熱だけを取り去っていく。

「味はどう？　濃すぎたりしてない？」

シャオランは優しげに微笑んで私を見つめている。

その笑顔が、夢で見た幼い頃の彼とダブって見えて、堪らず目を細めた。

「懐かしい味。本当にホッとする」

しみじみと呟く。彼の優しさや思いやりの心は、いつだって私の心を救ってくれた。

あの頃の私たちは、お互いの胸にぽっかり空いた穴を埋め合っていたのだと思う。

シャオランがいたからこそ今の私がある。

彼との思い出がたくさん詰まった料理が、それを教えてくれているような気がした。

――あの頃に戻ったみたいだ……。

「……百花？」

その時、シャオランが驚きの表情を浮かべた。

知らぬ間に涙をこぼしていたらしい。頬を温かな雫が伝っているのに気がつく。

私はそれを指で拭うと、心の底から溢れ出てきた言葉をそっと彼に告げた。

「シャオランの作る料理はいつだって私に元気と幸福を運んでくれるね。……うん。本当――幸せの味がする。毎日だって食べたい味」

――この味をずっと味わえたなら。きっと最高に幸せなのだろう。

そんな想いが詰まった言葉だった。

でも……そういうわけにはいかないのも理解していた。

刹那に感じた幸福をゆっくり噛みしめる。なんて贅沢だろうと思う。

熱で潤んだ目でシャオランを見つめる。

感謝をこめて微笑むと、シャオランがわずかに震えたのがわかった。

「百花」

その瞬間、視界が暗くなって驚いた。少し硬くて温かいものに包まれて動揺する。

わけがわからない。なんで？　どうして——

シャオランに抱きしめられているの？

——な、なななななな……!?

思わず硬直する。正常な思考ができない。彼から伝わってくる体温があまりにも心地よくて、どうしてそう感じるのかと自分に困惑する。

すると、トクトクトク……と早めの鼓動が聞こえてきて、強ばっていた体から力が抜けていった。シャオランだって普通じゃいられないんだ。彼もこの状況に動揺している。

「シャ、シャオラン？　きゅ、急にどうしたの」

恐る恐る声をかける。あ、駄目だ。声がうわずってしまった。

シャオランは私の体を抱きしめたまま、どこかしみじみと語り出した。

「——本当に百花は、いつだって俺にほしい言葉をくれる」

「……え？」

「そうなんだ！　俺は誰かを料理で幸せにしたくて、ずっと腕を磨いてきた。俺の料理でみんなが幸せに……笑顔になる。それが——俺が目指している場所なんだ」

そう言うと、シャオランはそっと私から体を離した。

ドキン、と心臓が跳ねる。彼の瞳が涙で濡れているように見えたからだ。

「百花は俺の人生をいい方向に導いてくれた。君は自覚していないかもしれないけど」

「導いて……？　私が？」

「そうだよ。子どもの頃、いくら頑張っても父親からの要求はエスカレートしていくばかりだった。殴られないように、見捨てられないように必死に食らいつくので精一杯で。かといって、兄さんみたいに反発する勇気もなかったんだ。たとえ暴力を振るわれても、親を嫌いになれるほど心に余裕もない。子どもだから自立すらできなくて」

まさに八方塞がりだったとシャオランは語る。

「でも……そんな俺の道を切り開いてくれたのが、百花だった」

『シャオランのご飯は幸せな味がする……！』

すべてのきっかけは、私が漏らしたたったひと言だった。

その言葉に感銘を受けたシャオランは、本格的に料理の勉強を始めたらしい。

恐竜など、一見して将来役に立たなそうな分野に夢中になっている息子に渋い顔をしていたシャオランの父親も、これには手を叩(たた)いて喜んだのだそうだ。

なにせ実業家の父親は多くのレストランを経営していた。我が子がようやく自分の仕事に興味を持ったとご機嫌だったらしい。

別に父の仕事に興味はなかったんだけど、とシャオランは苦笑を漏らした。

「でも、そう思わせておけばいいって放っておいた。そうしたら、父との関係が劇的に変わったんだ。俺は好きなものに思う存分打ち込めるようになったし、あまり勉強についてとやかく言われなくなった。料理の腕が上がれば上がるほどね」

私が小学六年の頃、シャオランたちは中国へと帰っていった。

父親の事業が一通りの成功を収め、跡継ぎである息子へ本格的に料理を学ばせるためだ。

それからずっと、シャオランは料理一筋でやってきたらしい。

「……俺の中にはいつだって百花の言葉があった。いろんな人に料理の味を褒めてもらったけれど、君以上の言葉をくれる人はどこにもいなかった。嬉しかったんだ。本当に。君のなにげないひと言が、今の俺の原点だ」

シャオランは私の顔に手を添えた。

「ねえ、どうして俺が薬膳料理店を開いたと思う？」

――ドクン。

彼の顔が視界いっぱいに広がって、心臓が激しく波打つ。

だって――

下がった眉。涙で潤んだ薄墨色の瞳。頬は薔薇色に染まり、ゆるゆるに緩んだ顔は、どう見たって――瞳に映っている人への愛情で溢れていたから。

「〝未病〟を防いでくれる薬膳はね、君を幸せにするのに最もふさわしいと思ったんだ。百花と一緒に薬膳料理を食べて、心も体も健やかになる。君とそうやって過ごす人生は、最高に違いないって」

その言葉が。シャオランの少し低めの声で紡がれた言葉が——心に沁みた。

胸が苦しくなって、なんだか泣きたくなる。

なんにも考えずに放ったひと言が、こんなにも誰かの人生に影響を与えていただなんて。途方もないことだ。すごいことだ。そしてちょっぴり恐ろしいとも思う。

「そっか……」

今の私が彼のおかげであるように。

目の前の彼は私のおかげでここにある。

——瞬間、ぴしょんとどこかで水音がしたような気がした。

雨はとうに止んでいた。そんな音が聞こえるはずがない。

けれど、水音は脳内でずっと鳴り響いている。

それはまるで、乾ききりひび割れた大地に染みこむ一滴の水音。

「百花。俺——……」

熱のこもった声が聞こえて、ハッと正気に戻る。シャオランは私の髪に人差し指と中指の背で触れると、じっと私を見つめた。

「俺、百花のことが……」

「——ま、待って」

その瞬間、私は体を引いた。

頭がぐるぐるする。どう反応すればいいの。ああ、ああ！　馬鹿みたいだ。十代の女の子じゃあるまいし、こんな。こんなの……！

動揺してなにも言えずにいる私に、シャオランは眉尻を下げた。

「……困らせちゃったな。ごめん」

「……ッ！」

違う、と言いかけて止める。シャオランは悪くない、なにも悪くない。

「悪いのは私だわ。私が……恋愛に向いてないせいで」

ぽつりと呟けば、シャオランが眉根を寄せた。悲しみを堪えているような表情に、びくりと身を縮める。

「シャオラン？」

「訊いてもいいかな」

シャオランは私の手を握ると、真剣な面持ちで言った。

「君が、自分に恋愛が向いていないと思った理由を知りたい。教えてくれないか」

「………」

唇を噛みしめ、少しの間うつむいた。

「……わかった」

想いを伝えてくれたシャオランには真摯に向き合いたい。

私は顔を上げると、大きく頷いたのだった。


「……高校二年生の頃から、付き合っていた彼氏がいたの」

私がそう言うと、シャオランはあからさまに顔をしかめた。不満そうに唇を尖らせる。

「……続けて」

「きっかけは向こうが告白してきたこと。仲のいいグループのひとりだった」

「……その人のことが好きだった？」

「わかんない。でも、告白されたのが単純に嬉しくて、私は彼と付き合うことに決めた」

恋人って、よくわからないけど楽しそう。

相手には悪いが、私が交際に踏み切った理由はただの好奇心だった。

高校生の恋愛なんて始まりはそんなものだ。心も体もなにもかも未熟なうちは、未知のなにかに大いに惹かれるし、後先考えず安易に決断してしまう。

「それなりに上手くやっていたのよ。特に別れ話が出るわけでもなく、受験勉強も一緒にして、同じ大学を受験して合格した。四年間、同じサークルで」

シャオランが深く嘆息した。

「どこの誰か知らないがうらやましいな。百花とずっと一緒にいられたソイツが妬ましい。それで？　大学卒業後はどうしたんだ？　まさか就職も一緒？」

「さすがにそれはないよ。卒業後はそれぞれ希望の会社に就職したの。会う時間は減ったけど交際は継続してた。お互いの家に通って……彼の家を週末に掃除するのが習慣になってて。きっと、このまま結婚するんだろうってうっすら思ってたんだ」

そんなある日のこと。

私の二十七歳の誕生日の出来事だ。レストランでいつもよりグレードの高いコースを楽しんで、持ち込んだ高級ワインを一本空けた頃だった。仕事で鬱憤が溜まっていたらしい彼氏は、あっという間に泥酔してしまった。

「あ、やばいなって思ったの。顔が見たこともないくらいに真っ赤になってね、お店は家から遠くて、どうやって帰ろうかってそればっかり考えてた。彼が酔っ払う前までは、とうとうプロポーズかなあってソワソワしてたのに」

交際十周年だったのだ。期待せずにはいられなかった。なのに――

帰ろうと急かす私に、彼氏はこんなことを言ったのだ。

「『本当に、お前はつまんねえ女だな』」

「……え？」

「彼が私に言ったの。『お前といると退屈なんだ。なにも起こらない。まるで平坦な道みたいだ。ちっとも……面白くない』」

泥酔していた彼氏は、最後に私へ決定的なひと言を放った。

「『高校二年からの十年間を返してくれ』って」

『十年間無駄にした。あの頃に帰してくれよ。そしたら、もっと楽しい人生が待っていたはずなのに。ああ、詐欺に遭ったようなもんだな。ふざけんなよ！』

酔った勢いだったのだろうが、きっと彼氏の本音だったのだろうと思う。

「その人とはその後気まずくなって別れたんだけどね」

当時はかなり落ち込んだ。それまで積み上げてきた十年が跡形もなく崩れ去ったのだ。喪失感が半端なかった。けれど、いつまでもクヨクヨなんてしていられない。生きるためには仕事をしなくちゃいけないし、私がいくら泣いていても必ず朝が来て、やがて夜になる。世界は延々と回り続けている。

「めいっぱい泣いて、馬鹿みたいに暴食したら、すごくさっぱりしたの。それで気がついたのよ。〝無駄にした〟なんて言われる私には、恋愛は向いてないんじゃないかって」

人間には向き不向きがある。

恋愛は私〝向き〟じゃなかったのだ。

もちろん、そう思うだけの根拠はあった。彼氏の発言にショックを受けていたものの、ひとりになってしまった現状に関しては、それほど絶望的に感じていなかったのだ。

むしろ、ホッとしている自分に気がついて笑ってしまった。

張り詰めていた糸をようやく緩められたような解放感さえ覚えていたのだ。

「たぶん無理してたんだわ。常に彼氏にとっていい彼女であろうとしていたからね。真面目すぎたのかもしれない。だから……退屈にさせてしまった」

その事実に気がつくと、不思議と憑き物が落ちたみたいに晴れやかな気分になった。

恋愛が駄目なら別の方向を頑張ればいい。

じゃあ、私にはなにが向いているのか——？

幸い、仕事に関しては上司から評価してもらっていた。

旅行業はやりがいがあって楽しい。たぶん、それが私に向いていることだ。

「だから、今の私は仕事に情熱を傾けてる。本当の〝干物〟みたいにさ、地味だけど実直に生きてるってわけ」

昔と違って、結婚がすべてな時代でないのも私に味方してくれた。

私は私らしく。好きな仕事に熱中する人生も悪くない。

にこりと微笑めば、シャオランの表情が曇ったのがわかる。

「私を好きだって気持ち、すごく嬉しいよ。でもなんというか、どう応えたらいいかわからなくて。うん……」

シャオランのことは嫌いじゃない。大切な幼馴染みだ。

彼の気持ちは嬉しいけど、なんだか申し訳ないし、どうすればいいかわからない。

高校生の頃のように、軽率に付き合うなんてできない。あの頃のような視野の狭さは今の私にはないのだから。これが私の正直な気持ちだった。

「私といても、きっとつまらない恋愛になっちゃうよ。だからさ……ひゃっ⁉」

リナさんとお幸せに——と言おうとしたところで、再び手を摑まれた。

痛みは感じない程度だが、びっくりするほど強く握られて目を瞬く。

シャオランは私の腰を抱き寄せて、ぐいと顔を近づけた。

「百花が誰かを愛しているのなら、潔く身を引いて、君の幸せを願うくらいの度量を見せつけてやろうと思ったのに。まさか——こんな理由だなんて」

シャオランはすうと目を細め、いやに綺麗な笑みを浮かべて言った。

ブワッと肌が粟立つ。薄墨色の瞳の奥に燃えさかる炎を垣間見た気がした。

「──きっと、百花は最後までその男のことが好きじゃなかったんだ」

「へっ……？」

堪らず頓狂な声を上げれば、シャオランは続けて唸るような声で言った。

「赦せないな、その男」

「シャオラン⁉」

「なにがつまらないだ。百花をなんにも理解しちゃいない」

そしてシャオランは、どこか決意のこもった眼差しを私に向けた。

「うん、決めた。俺は絶対に諦めないよ。悪いけど、俺は自他共に認めるくらいにしつこい男なんだ。なにせ初恋を今日の今日まで引きずっているくらいだからね」

──初恋。その言葉に頬が熱くなる。

シャオランは私の耳もとに口を寄せると、

「君が俺の気持ちを受け入れるって白旗を揚げるまで、諦めてやらないから」

そっと囁いて、私のこめかみに唇を落とした。

「──百花。一刻も早くソイツの言葉なんて忘れて。俺に心を預けて」

「……あ」

すぐそばで聞こえたリップ音。自分に起きていることがまったく理解できない。

私は思わず目を瞑（つぶ）ると――

「うっ」

「……百花？　も、百花っ⁉」

――そういや、私ってば高熱を出していたんだった。

速やかに意識を手放したのである。

五皿目　前に進みたい時に　勇気が出るご飯

薄暗いロッカーの中、スマホがチャットアプリの投稿を報せている。

更衣室で着替えていた私は、ため息と共に淡く光るスマホへ手を伸ばした。

通知には幼馴染みの名前があった。表示されているメッセージの断片から推測するに「今晩店においでよ」という内容のようだ。

「……困った……」

画面をじっと眺め、スマホの電源を落とす。天を仰ぎ、ううむと唸った。

——あの後、意識を失った私は翌朝までシャオランの家にいた。

目覚めた瞬間——

『おはよう』

隣にやけに色っぽい笑みを湛えたシャオランがいた時は心臓が止まるかと思った。

——というか、イケメンはやはりシルクのパジャマを着るんだなあ……。いや、それはどうでもいいのだけれど。

先日の出来事で最も衝撃的だったのは、帰宅しようとシャオランが呼んでくれたタクシーに乗り込もうとした時だ。

『じゃあ、気をつけてね』

去り際、暗殺者がすれ違いざまにナイフで刺すかのごとく自然に（例えとしてそれはどうかと思うけども）頬にキスをされた時は、再び卒倒しそうになってしまった。

『いやあ、熱々だねえ』

タクシーの運転手のおじさんの言葉。

白目を剝きそうになりながら、曖昧に誤魔化すことしかできなかったっけ……。

あれから数日経ったが、〝諦めない〟というシャオランの言葉は嘘でも冗談でもなかったらしい。彼は積極的にアプローチを仕掛けてくるようになった。私はというと、どうすればいいかわからずになんとなく逃げてしまっている。

しかめっ面をしている私を見て、隣で着替えていた里桜がクスクスと笑った。

「また店長さんですか？　いやあ、うらやましいですねえ」

「人ごとだと思って……」

「いいえ、だって相手はあの店長さんですよ。私なら即ＯＫです」

イケメン万歳！　と笑った里桜は、制服のリボンがなかなか綺麗に結べなくて苦労している様子だ。仕方なしに代わりに結んでやりながら愚痴をこぼす。

「考え直した方がいいって言っているんだけど。なのに君次第だよってそればっかり」

「強い。恋するイケメンは強いですね～」

「もうちょっと手加減してほしいわ」

「そうですか～？　マネージャーは素敵ですし、店長さんの気持ちもわかりますけどね」

「あら。本当？」

「本当です！　マネージャーは私の憧れの人ですから……！」

はっきり断言した里桜に、思わず笑ってしまう。

「ふふ、ありがと。今度、ご飯おごってあげるわ」

「やったー！」

「はい、できた。リボン、早くひとりで結べるようになってね」

「はあい！」

踊るような足取りで更衣室を出て行った里桜を見送り、小さくため息をつく。

「憧れの人、ねえ……」

シャオランの告白を受け入れるのは、きっとすごく簡単だ。

シャオランは文句なしに魅力的な男性だと思う。同時に、私にとってかけがえのない幼馴染みでもあった。だからこそ考え直してほしい。十年も付き合った彼氏に、あんな台詞(せりふ)を吐かせる私なのだ。彼が期待しているものを返せるとは思えない。

はっきり言えば、シャオランを元彼のように後悔させたくないのだ。時間を浪費したとがっかりさせたくない。彼のような素晴らしい人には、もっと恋愛向きの――

――おっと。今は仕事前だ、深く考えるのはよしておこう。

「……気が滅入(めい)ってくるものね」

深呼吸してから、化粧が崩れてないか確認。気合いを入れて気持ちを切り替える。

とはいえ、シャオランからの気持ちをこのままにしてはおけない。彼のためにも――そして自分自身のためにも、なにかしらの答えを示すべきだ。

――私ってば、意外と前の彼氏を引きずってるのね。

別れた当時は落ち込んだものの、今じゃ清々しているくらいなのに。

それだけ、元彼と過ごした歳月が長かったってことかしら……。

――あんな奴の言葉に縛られてるのって馬鹿らしいけど。

言葉は簡単に誰かの人生を変えてしまう。

私はそれをしみじみと実感していた。

「さて。仕事、仕事！」

ロッカーに鍵をかけ、急ぎ更衣室を出る。

まさか、二度と会わないだろうと思っていた人物が目の前に現れるなんて——

その時の私は、欠片も想像していなかったのだ。

「でさあ、嫁がつわりがひどいのなんのって」

「はあ……」

昼時をとうに過ぎた多摩ツーリストの店頭。私はやっかいな客に捕まっていた。

少し癖がある黒髪に茶色いフレームの眼鏡。太めの眉毛に、垂れ目がちな瞳。くたびれたパーカーにヨレヨレのジーンズ。なのに、足もとだけはやたら高そうなブランドのスニーカーで固めている……そんな客。

名前は吉住晋太郎。私が高校二年から交際していた元彼氏だ。

ひょっこりとなんの前触れもなく現れた晋太郎は、接客に私を指定するなり、カウンターの一角を陣取って話し始めた。内容は……絶賛妊娠中のお嫁さんの話題だ。

「食事中にさ、いきなりトイレにダッシュするんだぜ。それでゲロゲロ〜って。うちって、トイレの音がよく聞こえる位置に居間があってさあ。食欲失せるよな」

「そうですか」

「人間ってあんなに吐けるもんなんだな……ってなあ、百花。なんで敬語なんだよ、前みたいにタメ語で話そうぜ。俺は気にしない」

「仕事中ですから」

「あっそ。……だから、つわりで大変な妻を慮って、夕食はひとりで外食してる。俺の食事を作るのもしんどいだろうからって。いい旦那だろ？　俺って～」

「…………」

晋太郎の愚痴とも惚気ともつかない話は、すでに一時間を超えていた。それとなく旅行に関係ない話をするなら帰れと促すものの、まったく耳を貸してくれない。

幸い、それほど店頭は混み合っていなかった。休日であれば営業妨害で訴えたいくらいだ。ただでさえシャオランとのことで頭が痛いのに……正直、うんざりしていた。

――よくもまあ、こんな人と付き合っていたわよね……。

適当に相槌を打ちながら遠い目をする。

高校時代からの共通の友人がいることもあり、晋太郎が私と別れた後に付き合った彼女とゴールインしたことは知っていた。奥さんが妊娠していたことは初耳だが、別にショックを受ける訳でもない。むしろ、久しぶりに会う晋太郎の変貌ぶりに困惑するばかりだ。

別れた彼女の店に押しかけるのも、わざわざ指名してくるのも、延々と雑談されるのも理解できない。こんなにも空気が読めない男だっただろうかと首を傾げたくなる。

「それでさあ！　聞いてるか～？　百花ァ」

晋太郎の話は延々と続いている。

夫として彼なりに努力しているとズレているよねえ……。

──だとしても、正直ちょっとズレているとアピールしたいようだ。

身重の妻を思うなら、外食に行かずにご飯くらい用意してあげればいい。そんな言葉が口から出そうになるが相手は客である。笑顔で口を噤む。奥さんも大変そうだと思っていれば、ふと晋太郎がこんなことを訊いてきた。

「そういえばさ、お前、誰かいい人いるの？」

「…………」

「俺と別れた後、どうしたのかなって思ってて。どう、楽しく恋愛してる？」

反応を返せずにいると、晋太郎はヘラヘラ軽薄な笑みを浮かべた。

「ま、誰と付き合ったとしてもさ、俺ん時みたいな失敗はするなよ？　俺と付き合ってた時のお前って本当に〝貞淑〟って感じでさあ。そういうのは結婚した後でいいんだよ。交際中は相手を楽しませる心を忘れずにな。みんながみんな俺のように心が広いとは限らないからさあ。同じ失敗を繰り返したらまた捨てられるぜ？」

晋太郎とは円満に別れたはずだった。

だが、この男の頭の中で私は捨てられたことになっているらしい。

――あ。殴りたい……。

生まれて初めて感じる衝動だった。

ここが店頭でよかった。暴行事件は未然に防がれたわけである。

にこりと綺麗な笑みを顔に貼りつける。これ以上、晋太郎の話に付き合う筋合いはない。

とっとと用件を聞いて追い返そう。

「でさ……」

「ところでお客様。そろそろ本題に入りたいのですが……」

目を瞬いた晋太郎は、持参したパンフレットを私に渡した。

「実は俺、サプライズの旅行を考えててさあ。いいプランない？」

晋太郎の目的――それは、ハネムーン旅行の手配だった。

彼が持参したパンフレットに載っているスポットは、どこも海外ビーチリゾートだ。

あわよくば、現地でプチウエディングもしたいらしい。

――マジか。この男……。

愕然とする。嫁がつわりで十キロ痩せたとか、食事はファストフードのポテトなら食べられるなんて話を聞いたばかりだ。

奥さんのつわりがかなり重症らしいのに、サプライズ旅行……？

嘘だと言ってほしい。切なる願いを胸に抱きながら質問を重ねる。

「奥様のつわりですが、もう治まったのですよね？　お話になっているのは過去の話で、今は体調が安定されていらっしゃるのですよね？」

晋太郎は一瞬キョトンとすると、ヘラヘラと軽薄な笑みを浮かべた。

「んなわけないない。まだつわりの真っ最中だよ。昨日の晩は、なにも食べられないからって氷舐めてた」

「お、奥様は今、何ヶ月でいらっしゃるのですか」

「うーんと、四ヶ月？」

「ちなみに、ご旅行のお日にちは……」

「再来月！　安定期に入るし、つわりも治まってるっしょ。うちの母さんも安定期に旅行したらしいから大丈夫だと思う」

――んんん……っ！

妊婦が旦那に言われて嫌な言葉ナンバーワン（私調べ）「うちの母さんは○○だったか

ら大丈夫」を耳にして、本当に言う人いるんだと逆に感心する。叱りつけたい気持ちを必死に堪え、冷静を装って質問を重ねた。

「つわりの期間は人それぞれです。安定期になっても続く人もいます。それに、海外で病院にかかると高額な医療費を請求されることはご存知ですか？」

「ええ～？　病院行かなきゃいいんでしょ？　平気平気。たかが旅行だし」

「たかが……。奥様は、もちろんこの旅行の計画はご存知なんですよね？」

「サプライズって言ったろ？　内緒。俺からのプレゼント！　出産したらしばらく無理だろうし、夫婦水入らずの時間を大切にしようかなって」

――ああ、駄目だコイツ。

嫁を大事にする俺に酔っていて、相手の事情をまるで考えていない……！

たらりと冷たい汗が背を伝う。

ここで安易に旅行を手配したら大問題に発展する可能性があった。

旅行中にお腹の子どもになにかあった場合、妊婦が旅行するリスクの説明責任を果たしていないとして訴えられる可能性があるからだ。

マネージャーとして……ううん、人として絶対に引き受けたら駄目だ。

眩暈がするのを必死に堪えつつ、サッと机から一枚の資料を取り出す。

それは妊婦が旅行する場合のリスクに関してまとめたものだ。

「……ちょっとお話ししましょうか」

じとりと湿った声で言えば、ひくっと晋太郎の口もとが歪んだ。

「なんだよ、怖い顔して。それよりも行き先とかさあ……」

「資料の説明を聞いていただけない場合、ご旅行の手配を拒否させていただきます。嫌ならお帰りいただいても結構ですよ」

毅然とした態度で言えば、晋太郎は不貞腐れた顔をして「聞くよ」と頷いた。ツンと尖った唇は晋太郎が駄々をこねる時の癖である。こうなるとなかなか人の話を聞かなくなることを、長年の付き合いで私は知っていた。

長丁場になりそうである。

ぐう、とお腹が小さく鳴った。まだ昼休憩にも入っていない。

――シャオランのご飯が恋しいな……。

しかし、彼とは今、非常に微妙な関係だ。

それを思い出すと、切ない気持ちと空腹がますます募って哀しくなった。

＊＊＊

久しぶりに顔を出した陽光に小鳥が喜びの声を上げている。

梅雨時期に珍しく訪れた晴れ間。公園の木々を鳥たちが飛び回る姿が目に楽しい。さわさわと聞こえる葉擦れの音、優しく降り注ぐ木漏れ日……。それらは訪れる者の心をもれなく癒やしてくれるのだろう。

――心がどうしようもなく荒(すさ)んでなければ、だけど。

晋太郎が店を訪れた翌日。私は公園を歩きながら渋い顔をしていた。

原因は、チャットアプリに届いた晋太郎のメッセージだ。

『いろいろと相談乗ってくれてありがとうな！　やっぱ、お前いいよ。高校からの付き合いだし気心が知れてて……。彼氏彼女としては終わってるけど、これからはいい友人として付き合ってくれよ。サプライズ旅行の相談もしたいし。また連絡する』

「呆(あき)れた」

ほの暗い感情がわき上がってくるが、必死に衝動を抑え込んだ。たっぷり時間をかけて妊婦が旅行するリスクの説明をしたものの、晋太郎はまだ諦めていないようだ。

──ブロックしてやろうか……。

そう思いつつも、なにもしないまま画面を閉じる。ブロックしたとしても実店舗に押しかけられたら意味がない。血迷った晋太郎が他店舗で旅行の予約をしないように把握しておいた方がいいのだろうと思うからだ。でも、それと私の感情はまた別の問題である。

「本当になんなのかしら。せっかくの休みなのに。厄日だわ……。勘弁してほしい」

やけくそ気味に呟いて近くにあったベンチに座る。休日は仕事を忘れるのが私のモットーなのに、なかなか頭から離れてくれなくてうんざりする。

ベンチの背にもたれかかって空を見上げる。

──久々の二連休。初日をこんな気持ちで過ごすのはもったいないな……。

若葉越しに爽やかな太陽の光が降り注ぐ公園は、平日の昼間だからか人がいない。まるで公園を私が独占しているようで気持ちいい……はずなのに、どうにも心がクサクサして楽しめそうになかった。

「……美味しいものでも食べて気をまぎらわそう」

仏頂面のまま、かたわらのビニール袋を漁る。

中身は、鮭ハラミといくらが入ったちょっと贅沢なおにぎりに、季節限定の緑茶だ。

「前に食べた時、すっごく美味しくて感動したんだよね。楽しみ」

気分が沈んだ時は、美味しいご飯に限る。いつもより贅沢なご飯を食べ終わった瞬間、普段どおりの私に戻っているはずだ。ずっとそうやってきたんだから間違いない。

元彼へのイライラも、心のモヤモヤもこれで解消できるはず……。

包装を手際よく開けて大口で齧りつく。何度か咀嚼して——首を傾げた。

——こんな味だったっけ……？

前に受けた衝撃は欠片もない。二度目だから慣れてしまったのだろうか？

それとも——

「うう……」

——知らず知らずのうちにシャオランに餌付けされていた……？

そっと目を閉じると、旬の野菜をふんだんに使った料理が瞼の裏に浮かんでくる。

この間、シャオランのお店で食べた空心菜の炒め物は最高だった。

夏の訪れを予感させる鮮やかな緑の葉や茎を、スライスしたニンニクと一緒に塩炒めにしてあった。葉はどこまでも柔らかく癖がない。茎の中は空心菜の名のとおりに空洞で、噛みしめるとシャキッシャキッと小気味よい歯ごたえがある。

空心菜に合わせてあったのが、小麦粉をまとわせカリッと焼いた厚めの豚バラ肉……！

オイスターソースで濃いめの味付けがしてあった。

ほどよい弾力で、噛みしめると口の中に甘い脂がじゅわ～っと……。

「ハッ……！」

先日食べた夏バテ予防料理を思い出してしまい、勢いよくかぶりを振る。

なにを考えているのだ。今はおにぎりに集中しなくちゃ……！

「うう」

シャオランのご飯を思い出してしまったせいか、おにぎりの味がますます物足りなく感じる。しょんぼり肩を落とし、もそもそとご飯を噛みしめていれば、公園の入り口に車が停まったのが見えた。やたら車体が長い。いわゆるリムジンだ。

——あそこまで長い必要性はあるんだろうか。短くてよくない？

ぼんやりとどうでもいいことを考えつつ、口の中のおにぎりをお茶で流し込む。

リムジンの扉が開く。そこから出てきた人物を目にした瞬間、勢いよくお茶を噴き出してしまった。

「モモカちゃ～ん！」

「ゲホッ……グホッ。え、えええ？」

現れたのは、ド派手なセレブ感たっぷりの女性。

シャオランの元婚約者、李娜だった。

顔をハンカチで拭いてお茶を口に含むと、ようやく落ち着いてきた。ちらりと横を見れば、胸もとがぱっくり開いたデザインのドレスを着た美女が座っている。

「今日は夕方からパーティでね、たまたまこの道を通りがかったのよ。そうしたら、見知った顔があったから停めてもらったの」

「パーティですか。素敵ですね」

公園の入り口に停めてあるリムジンのそばには、白髪のおじさまが待機していた。執事である。物語の中か西洋限定の存在だと思っていたが実在したらしい。

――住む世界が違うなあ。こんな人が元婚約者なんだもの。シャオランも本当は、私とは違う世界の住民なのかも。

ぼんやりと考えていると、李娜は私の恰好(かっこう)をまじまじと見つめて言った。

「運動中にごめんなさいね。邪魔しちゃったかしら」

「運動……中?」

思わず首を傾(かし)げると、彼女は私の服を指さした。

「ええ。だってそれ、トレーニングウェアよね?」

「………」

彼女が言っているのは、私のジャージのことらしい。楽ちんだからと部屋着に、ちょっとした買い物の時にと大活躍の——

パッと頭を切り替えて何度も頷いた。

「そそそ、そうなんですよ、今は休憩中で」

「いいわね。私も休日はジムで汗を流すのよ」

「へ、へええ～」

——こりゃ住む世界どころか生物としての分類が違うわ。

勝手に結論を導き出して納得していれば、李娜は嬉しそうに私を見つめた。

「一度、あなたとはじっくり話してみたいと思っていたのよね」

「そうなんですか……？」

李娜は長い脚を組み替えると、爪を指先でいじりながら言った。

「だって、あの王浩然からのアプローチをかわす女よ？　気になるじゃない」

「ブッ……！　ゲホゲホゲホッ……！　かわ？　か、うっ……」

「あらあら、落ち着いて。大丈夫？」

李娜が背中を擦ってくれた。シャオランに自宅へ誘われた日のやりとりを見られていたようだ。「棗」の入り口で笑っていたのは知っていたが、まさか内容まで聞かれていただなんて……！

「ごめんね～。わざとじゃないのよ？　たまたま。たまたまよ」

「うう……」

ペットボトルに口をつけ、勢いよく中身を飲み干す。

そんな私を、李娜は珍獣を眺めるような目で見つめている。

――なんだかすごく気まずい。話を切り替えよう。

「シャ……シャオランって、そんなにあっちではモテるんですか？」

息を整えてから訊ねると、李娜は「そりゃあね」と小さく肩を竦めた。

「甘いマスクに料理の腕は抜群。王浩然の働くレストランには、連日彼が目当ての客が殺到してたわ。王浩然が休みの日は売り上げが落ちるくらい。彼を狙う女は多いわよ」

「ひえ～……」

あまりのモテっぷりに驚いていると、おもむろに李娜が私に訊ねた。

「ねえ。さっきパーティが素敵だとか言ってたじゃない？　あなたも行ってみたい？」

「いえ、ちっとも」

ズバッと切り捨てる。

大きな瞳をパチパチ瞬いた李娜は、勢いよく噴き出した。

「……アハハハ！　あなた正直でいいわね！」

「そんなに笑わなくても。そりゃ普通は行きたがるでしょうけど」

素敵なドレスをまとってキラキラした非現実的な世界へ……。いかにも女子が憧れるシチュエーションだ。でも現実に魔法使いがいるわけじゃなし、一瞬で素敵なお姫様に……なんてことは不可能で、綺麗になるまでにはかなりの労力が必要である。私はその過程が面倒臭いと感じる。〝干物〟なだけに地味な装いが好きなのもあるけれど。

綺麗になるまでの過程そのものを好む人がいることも知っていた。たとえばそう――ウエディングドレスの試着を楽しむ私の友人とか。だからそれ自体は否定しない。

李娜に私の考えを説明すると、途端に笑いを引っ込めた彼女は小さく肩を竦めた。

「普通ねえ。私は嫌だわ」

「えっ……」

――あなたがそれを言う!?

私からすれば、煌びやかな世界の権化みたいな李娜をまじまじと見つめる。

李娜はドレスの裾を摘まみ、綺麗な顔を歪めて言った。

「こんな薄っぺらいドレスを着て、高いヒールを履いて。嫌らしい爺の視線にも文句ひとつ言えずに媚びへつらわなくちゃいけないの。正直、家の付き合いやら仕事がなかったら、絶対に行ってないわ」

——どうも、彼女には彼女なりの苦労があるようだ。

「……てっきりパーティが好きで参加しているのかと」

「まさか！　私、本当は地味なの。これは余所行きの姿よ」

「……地味、ですか？」

「眺めのいい別荘。朝食にはオーガニックのサラダ。香りのいい珈琲をかたわらに、潮騒を聞きながらベンチでうたた寝する……そんな生活の方が好きだわ」

「地味のレベル高いですね!?」

思わず突っ込めば、李娜はキョトンとして小首を傾げた。

「まあ、私なりによ。少なくとも、香水の匂いがプンプンする目が眩みそうなほどギラギラしたパーティ会場は私の居場所じゃない。誰だってひとつやふたつ仮面を持っているものよ。……王浩然だってね」

——シャオランの〝別の顔〟。

先日、李娜に応対した時のシャオランの姿を思い出してドキリとする。

あの時の彼はいつもとまったく印象が違った。シャオランをよく知っているつもりだったけど、私が知らない一面があるのかもしれない……。

ひとり考え込んでいれば、李娜はいやに楽しげに続けた。

「だから、店であなたとやりとりしているシャオランを見た時に驚いたのよ。だって、私の知る彼とずいぶん違うんだもの」

李娜は指折り数えながら〝彼女の知る〟シャオランを教えてくれた。

「まず、特に親しくない女性には容赦なかったわ。しなだれかかってでもみなさい。すぐに突き放して、軽蔑の眼差しで見てくるの」

「……はい？」

——一体、誰の話だろう……。

呆気に取られていると、李娜は構わず続けた。

「上手く連絡先を交換できたとしても、返信がある方がまれ。彼にコンタクトを取りたいなら、兄の王浩宇に連絡を取った方が早いくらい」

「ええと……」

「学生時代、業を煮やして手紙で勝負した娘もいたわね。今どきラブレターよ!?　情熱的よね。……でも、渡すことすらできなかった。彼、気がつくと姿を消してるのよ。一時期、忍者疑惑があったわ。日本で過ごした幼少期、彼は忍として厳しい修行に明け暮れていたんじゃないか……って」

「忍者」

あまりのことにポカンとしていると、李娜は「脇目も振らずに家に帰って、料理の研究に没頭していたらしいんだけどね」と笑った。

「いつも不思議だった。どうして女性に冷たいんだろうって。……ううん、興味がなかったんだわ。幼馴染（おさななじ）みの私にさえよそよそしいのよ？　徹底しているわよね。疑問の答えは思いも寄らぬ場所でもたらされた。彼が日本で開いた小さな店で」

風がさわさわと公園を吹き抜けていく。梅雨時期の湿気を多分に含んだ風は、李娜の栗（くり）色（いろ）の髪を舞い上げると、気ままにどこかに去っていった。

風の行方を目で追った李娜は、苦み走った笑みを浮かべる。

「……あんなに優しげな顔をした彼、初めて見た。あなたの反応に一喜一憂して、コロコロ表情を変えるのよ。まるで別人だわ。冷徹な貴公子だと思ってたのに、近所の親切なお兄さんみたいな顔をしてるのよ？　そりゃ笑うわよね」

「……リナさん……」

「彼、ずっとずっと、あなたしか目に入ってなかったんだわ」

李娜の話を聞いていると、だんだん胸が苦しくなってきた。

シャオランのことを語る彼女の表情は、とても寂しげだったからだ。

「あの、リナさん。もしかしてシャオランのこと……？」

堪らず訊ねれば、李娜はひらひらと手を振って苦笑を浮かべた。

「心配しないで。とっくにフラれてるわ。二十一歳の王浩然の誕生日、彼の寝室に忍び込んで襲ったの。……表情ひとつ変えずに追い返されちゃったけどね」

「お、襲ったんですか……!?」

「そうよ。婚約者の癖につれない態度をとり続ける彼に業を煮やしてね。おじさま……王浩然の父親にお願いして入れてもらったのよ。体を磨いて、勝負下着をつけていったわ。ドキドキして心臓が破裂しそうだった。なのに……」

――目覚めた時、自分の上に跨がる李娜を見て、シャオランはこう言ったらしい。

『重い。どけ』

「……辛辣……」

「興味のない相手が乗ってたら、まあ重いだけよねえ」

彼女の中ではすでにいい思い出となっているらしい。カラカラ笑っている。

――こんな超美人が据え膳状態だったのに、なにしてるのシャオラン……！

ひとり戦慄していると、李娜は苦笑を浮かべて続けた。

「彼ね、私に言ったの。――自分を大切にしろ。寝込みを襲うなんて馬鹿らしい。大切なものは本当に好きな相手に捧げろ……って。馬鹿はどっちよ。好きだから襲ったのに」

それが李娜にとって初めての失恋だった。ショックで三日三晩部屋に閉じこもり、さんざん泣き明かした後に、シャオランの父親に婚約破棄を申し出た。

――だから、元婚約者だったんだ……。

ひとり納得していれば、李娜は肩を竦めて続けた。

「小さい頃から、かっこいい幼馴染みにずっと惹かれていた。彼は私なんか眼中になかったけどね。悲しかった。でも、満足するまで泣いたらどうでもよくなっちゃった」

クスクスとおかしそうに笑った李娜は、今はシャオランよりもずっと素敵な恋人がいるのよと、スマホの待ち受けを見せてくれた。

画面に表示された画像を目にした瞬間に固まる。

そこに映っていた人物が、金髪に透けるような碧眼を持つ――女性だったからだ。

「傷心で落ち込んでいる私を慰めてくれたのが彼女だった。それが付き合うようになったきっかけ。王浩然には感謝してるわ。あの時こっぴどく振られなかったら、女性もイケるって気がつかなかったもの」

屈託のない笑みを浮かべた李娜は、チュッとスマホ画面に口づけた。

「私ね、すごく幸せよ。すんなり王浩然の妻の座に収まってたら、モデルの仕事もしてなかったかもしれない。きっと、今よりも刺激の少ない人生だったに違いないわ。私はね、初恋の代わりに愛する人とやりがいのある仕事を手に入れたの。最高じゃない？」

呆気に取られて李娜を見つめる。そして——ほうと熱い息を漏らした。

「……リナさんって素敵」

李娜の人生、そして価値観が本当に眩しい。

社会の中に確固たる自分の居場所を獲得しつつも、どこまでも自由奔放。

前向きな姿に胸が痺れるくらいに憧れる。

じわりと羨望を瞳に滲ませた私を、李娜は面白そうに見つめた。

「あら、恋人は募集してないわよ」

「そ、そういう意味じゃなくてですね!? なんというか、自分自身の価値観で人生っていう海原を進んでいる感じがすごいなって。すごく……かっこいいなあと思います」

さっきのパーティの話のように彼女なりの懊悩はあるのだろうが、それを欠片も感じさせない姿は見習いたいと思った。

「中国でのシャオランってそんな感じだったんですね」

彼女が知るシャオランと、私が知るシャオランは李娜の言うとおり別人のようだ。

私の言葉を支えに、彼は本当に料理一筋でやってきたのだ。それを、李娜の口からも知れて胸が熱くなる。でも——

「シャオランったらもったいないことをしたなあ。リナさんみたいな人、そうそういないと思うんですけどね」

ぽつりと呟けば、強烈な視線を感じてハッとした。

李娜が私をじっと見ている。黒真珠のような瞳に射すくめられ、思わず身を硬くした。

「——本当、あなたって変わってるわ。……ねえ、どうして王浩然を受け入れないの？私にはあなたが彼を悪いように思っているようには見えない。なのに、かたくなに彼を見ようとしていない感じがする」

「………………」

私は少しだけ考え込むと、李娜に晋太郎との過去を話そうと決めた。

会ったばかりの人だ。それもシャオランの元婚約者。だからこそ聞いてほしかった。彼女なら、自分には考えつかない意見をくれる気がしたからだ。

「——少し、私の話を聞いてくれますか？」

李娜へ晋太郎と過ごした日々の話をする。高校から十年間付き合っていたこと。十周年の記念日に「十年間無駄にした」と言われたこと。

「なにそれ、信じらんない」

一通り話し終えると、李娜は顔を真っ赤にして怒りだした。

「そもそも自分が選んだ相手でしょう？　なのに『時間を返せ』ですって？　無責任にもほどがあるわ。なんで時間を浪費した責任が相手にあると思うのよ。バッッッッッッカじゃないの!!」

「アハハ。確かにそうですよね。本当に自分勝手」

「その男がクズだったってだけの話だわ。モモカちゃんが落ち込む必要なんてない！」

肩を怒らせて断言する李娜に苦笑をこぼす。

「落ち込んではいないんです。ただ、恋愛に向いてないなって自覚しただけで」

「向いてない？」

私の言葉にピクリと李娜は眉根を寄せる。

盛大にため息をつき、大きくかぶりを振った。

「やだわ。開いた口が塞がらないってこのことを言うのね！　向いてないとかそういう話じゃない。モモカちゃんは最後の最後まで、その元彼氏とやらが好きじゃなかっただけ」

キョトンと目を瞬く。前も聞いた言葉だ。なんだか胸の奥がざわざわと騒いでいる。

「……シャオランと同じことを言うんですね」

「そりゃそうよ！　こんなわかりやすいことってある？　むしろ、どうしてモモカちゃんが無自覚なのかが理解できないわ」

「えっ……？」

「私、人を見る目はあるの。断言するわ。モモカちゃんは退屈な人間じゃない。なのにクズ野郎は『退屈だった』『時間を無駄にした』って感じた。なら答えは簡単だわ」

李娜はにっこり笑むと、私の頬をツンと指で突いた。

「単純にモモカちゃんはクズ野郎が好きじゃなかったのよ。普通、誰だって好きでもない相手を楽しませようとは思わない。相手からの告白を受け入れて粛々と彼女をやってたんでしょうけど……。義務みたいにそばにいたんじゃないかしら。そりゃつまらないわよね。情熱がない恋なんて出涸らしのお茶以下よ。ゴミよゴミ」

「ゴミ……」

思いも寄らぬ強い言葉にたじろいでいれば、李娜は意味ありげにため息をこぼした。

「王浩然とモモカちゃんって似ているわ。あの男の方があからさまだけど」

「……似ている？　私とシャオランが？」

「そう！　好きな相手や事柄……たとえば仕事には全力で臨むのに、特に興味のない方面には手を抜いちゃうところ。無意識的か意識的にかはしらないけどね」

「……！」

リナの言葉でようやく合点がいった。

彼女の言葉は私のライフスタイルにも言えることだ。仕事は全力。休みの日にはジャージを着てダラダラするくらいには気を抜く私。それを晋太郎との付き合いにも無意識に発揮していたとしたら——？

手が小さく震えた。心臓の音がうるさい。

「恋が向いていないんじゃない。そもそも恋をしていなかった……？」

私の呟きに李娜は大きく頷いた。

「だから、恋愛が向いてないって判断するには時期尚早じゃないかしら」

「……！」

ガツンと頭を殴られたような感覚。そんな馬鹿なとかぶりを振りたくなる。

けれど、李娜の言葉を否定できるだけの要素が見つからなくて——

「まだまだ人生これからよ。向いてないからって目を背けないで、チャレンジしてみたら？ 仕事に全力投球する人生も楽しいだろうけど、ちょっと色気が足りないと思うもの。一度きりの人生よ、足せる要素はガンガン足していった方がいいに決まってる！」

それは、仕事も恋も人生も、なにもかも自分の意志で決定してきた強者の言葉。

彼女はしっかりと地面に根を張る一本の大木のようだ。なにがあろうとも揺るがない芯を持った女性。失恋すら糧にして生きている。眩しいと思う。すごいなとも感心する。それが彼女が持つ、人としての〝強さ〟なのだろうとも思う。

予感がする。彼女が持つ価値観は、セレブが持つ特別なにかじゃない。

ごくごくありふれた〝干物〟な私ですら持てそうな〝普遍的な〟もの——

「プッ。……あはははははっ！」

自分にもそういう可能性があるのかと、思わず笑ってしまった。

突然、前触れもなく笑い出した私を李娜はキョトンと見つめている。

ベンチから立ち上がると、李娜に向かって深く頭を下げた。

「リナさん、ありがとうございます」

「あら。なにか摑めたかしら？」

「おかげさまで」

にっこり笑って手を差し出す。李娜は私と握手をして小さく肩を竦めた。

「どうするつもりなのか知らないけれど、なにもかも丸く収まるように願っているわ」

李娜はそう言うと、「そろそろ行くわ」と、リムジンに向かって歩き出す。すぐに「忘れてた！」と急に立ち止まり、顔だけ振り返って言った。

「私、ひとつ嘘をついていたの。本当は私、おじさま……彼の父親に王浩然を連れ帰るように言われていたのよ。無事成功したら、改めて婚約する手はずになっていた」

「……えっ。こ、恋人がいるんですよね⁉」

「関係ないわよ。家のための結婚だもの。数多くの不動産を所有する李家と、有名レストランを多数経営する王家。本人同士の感情なんて些細なことよ。おじさまは、私に女の恋人がいようが関係ないとおっしゃっていたわ」

「………」

絶句していると、李娜はパチリと片目を瞑った。

「だから、私……あなたに期待しているの。ハッピーエンドを楽しみにしているわね」

〝誰にとっての〟とは明言せずに、李娜は再び私に背を向けた。

堪らず彼女の背中に向かって叫ぶ。

「あの、私もひとつ嘘をつきました‼」

李娜が振り返る。ジャージを指でつまんで、ドキドキする胸を必死になだめながら、緊張でカラカラになった口で叫んだ。

「これはトレーニングウェアじゃありません。いえ、運動着には間違いないんですけど、高校からずっと部屋着にしてて……ジャージで外出してるの、正直やばいくらいダサいです。友達にバレたくないレベルで！」

「…………」

「でも、楽です！　体を一切締めつけません。私はこういう服が一番好きです！」

――ぜえ、はあ。

大きな声を出したせいか、息が乱れている。

正直、一体なにを……と思わなくもないが、李娜には嘘をつきたくなかった。

それだけ彼女に惹かれていた。憧れていた。だけど――

――うっ。

さすがに恥ずかしい。ダッシュで逃げたくなる気持ちと必死に戦っていれば、

「……フッ。フフ、アハハハハハハ！」

突然、李娜が大笑いし始めた。しばらく笑っていた李娜は、涙で滲んだ瞳を拭ってグッと親指を立てた。

「やっぱり私の目に狂いはなかった。あなた最高に面白いわ！　ジャージ……ねえ。今度、試してみようかしら。リラックスタイムに締めつけは厳禁よね」

「またね」と手を振ると、李娜は颯爽とリムジンに向かって歩き出した。

李娜の背中を見送って、空を見上げて息を吐く。

梅雨の合間の空は気持ちよく晴れ渡っていた。透き通った青色が眩しくて目を細める。

「……よし」

拳を握って気合いを入れる。

シャオランの気持ちへどう応えるか。答えが見つかったような気がした。

＊＊＊

翌日は、前日とは打って変わってあいにくの雨だった。

霧雨(きりさめ)が降り続き、世界をしっとりと濡(ぬ)らしていく。水気をたっぷり含んだ空気が頬を撫(な)で、雨音が絶え間なく鼓膜を震わせている。

そんな中、私は道ばたに隠れてある場所の様子を窺(うかが)っていた。

「……ようし、今日こそは」

ブツブツと決意を口にして、視線の先にある「棗」の扉をじっと見つめた。

電線から滴り落ちた水滴が、ぱたぱたと傘を鳴らしている。その音がまるで、怖(お)じ気(け)づいて最初の一歩を踏み出せない私を急(せ)かしているように感じて、思わず渋い顔になった。

――どうしてこんな状況に陥っているのか。すべては私のふがいなさからだ。

昨日、李娜と別れ自宅に戻った私は、チャットアプリの画面と睨(にら)めっこしていた。

表示されているのはシャオランとのトークルーム。前日に届いた「店においでよ」という誘い文句に、私はなかなか返信できずにいた。

「……既読無視状態だからなあ。愛想尽かされてたらどうしよう」

――いやいや、シャオランはそんな人じゃないもの！　だ、大丈夫……！

必死に自分を奮い立たせるも、メッセージを打つ勇気がでなくて悶々する。

お店が開いているのはわかっているんだから、行けば彼に会えるのは理解していた。でも、他のお客さんがいたらどうしようとか、すごく忙しかったら迷惑だよね、なんて考え始めると思考が堂々巡りに陥ってしまう。

それに――……。

「駄目だ、緊張する。自分の肝の小ささが憎い……」

決意を固めたからって、すぐに動けるほど強くない。

ドラマの主人公のように、激情のまま行動できたらどれほど楽だろう。こんな私の実態を知ったら〝憧れの人〟と言ってくれた里桜はどう思うだろうか。

踏ん切りのつかない自分を情けないと思いながら、結局、その日はチャットの返事をできなかった。そもそも顔を見ずに決着をつけようという考えが甘いのだ。こういうことは、直接会って話すべきだと思ったのもある。

そうして今日、なんとか「棗」前までやってきたものの……この有様だ。

なんたるチキン！　腰抜けにもほどがある。チキンならチキンらしくシャオランに美味しい照り焼きにされるのがお似合いだ。

——ぐう。

ご飯のことを考えたら、途端に腹部が主張し始めた。

ああ、こんな日にもお腹が空くなんて！　食欲に忠実な体が無性に腹立たしい。

「勇気勇気勇気勇気……むぐ」

鶏の照り焼きの代わりに、手に文字を書いて呑み込む。

しかし、そんなことでみるみる勇気が湧いてくるわけもなく。

「……誰かに背中を押してほしい」

途方に暮れてしゃがみ込む。

「元気出せよ」と言わんばかりに、バタタッ！　と、傘に水滴が落ちた。

——カラン、カラン。

その時、聞き慣れたドアベルの音がして、心臓が勢いよく跳ねた。

ササッと隠れて、そっと「棗」の様子を窺う。シャオランが店から出てきたのだ。

彼は傘を差して歩き始める。

「どこに行くんだろう」

少しずつ遠ざかる背中を見つめて、ゴクリと唾を飲み込む。

私はギュッと傘の柄を握りしめ――彼の後をつけようと決めた。


シャオランの目的地は駅だった。

ガタンゴトンと、電車は雨の都内をのんびりと走る。

吊革に摑まって外を眺めているシャオランの様子を、少し離れた場所から窺う。

――私ったら完全に不審者。これじゃストーカーだわ。

ときおり周囲の人から注がれる怪しむ視線に怯えながらも、見失わないように細心の注意を払う。やがて、シャオランはとある駅で降りた。そこは私にとっても馴染み深い場所だった。なぜなら実家の最寄り駅だったのだ。

「最近、来てなかったな」

ぼそりと呟いて郷愁に浸る。少し古めかしい構内も、おばちゃんひとりが切り盛りしている小さな売店も、普通の人からすればなんの変哲もない光景だ。でも、私からすれば懐かしい思い出の一部である。

「……って、ぼうっとしている場合じゃないや」

人混みの中に消えそうになっているシャオランを見つけて、慌てて走り出す。つかず離れずの距離を保ち、彼の後をついていくと――

「……あ」

とても懐かしい場所へ到着した。

そこは、住宅地の中にある中規模の公園だ。

雨音が一層大きくなっていく。公園内には広葉樹が多く植えられていて、葉を伝った雨粒がポタポタと楽しげに音楽を奏でていた。

雨で鮮やかになった緑に目を奪われつつも、公園の奥へ向かって足を進める。

ぬかるんだ砂地、川のように流れていく泥水。大きな滑り台にブランコ。砂場にぽつんと残された忘れ物のシャベル……。懐かしさに胸が締めつけられる。忘れもしない。シャオランと一緒に足繁(あししげ)く通ったあの公園だ。

「濡れるからこっちにおいでよ」

誰かが声をかけてきた。足を止めて、恐る恐る首を巡らせる。

「温かいお茶もあるよ」

そこにいたのはシャオランだった。木々に囲まれるようにして建っている東屋(あずまや)に設(しつら)えられたベンチに座って、笑顔で手招きしている。

「……はあ……」

大きく嘆息して、彼に向かって歩き出した。ニコニコ上機嫌なシャオランに訊ねる。

「いつから私の存在に気がついてたの？」

「ん？　店から少し離れた場所でウロウロしていたのには気がついていたよ」

「……そ、そこからかあ……」

がっくりと肩を落とし、失意のまま傘を閉じる。傘の先からポタポタ雫が垂れるのを眺めながら、唇を尖らせて言った。

「声をかけてくれればよかったのに」

――そうしたら、もっと早く踏ん切りがついたかもしれない。

まるで子どものようなわがままな言い分に、自己嫌悪を覚えた。思わずうつむくと、シャオランは普段どおりの穏やかな口調で言った。

「迷っているようだったから、そっとしておいた方がいいかなって気を回したんだ」

話しながら自分の隣にハンカチを敷く。どうぞと促され、ぐぬぬと唸った。

「なんか企んでる？」

「なにもないってば」

恐る恐る隣に腰掛ける。背もたれのない正方形の大きなベンチには、シャオランの私物らしい荷物がいくつか置かれていた。

『——彼、ずっとずっと、あなたしか目に入ってなかったんだわ』

瞬間、唐突に李娜の言葉を思い出し、顔が熱くなった。

どうにも居心地が悪く感じて黙り込む。

——どうしよう。

ちゃんと彼と話をしよう。そう決意して後をついてきた。先日、李娜と話したことも含めて、私なりの結論を彼に伝えるつもりだったのに、どうにも言葉が出ない。

ちらりとシャオランの様子を窺うと、彼も黙ったままだ。ぼんやりと雨が降っているのを眺めているだけで、特に話題を振ってくるわけでもない。

「…………」

「…………」

無言の私たちの間に、ひたすら雨音だけが響いている。

さあさあ、ざあざあ。ぴしょん、ぽたん。

咽せかえるような雨の臭いの中、大地を潤す雨の音だけが私たちの間に存在していた。

それから十分ほど経った頃だろうか。

痺れを切らした私は、シャオランへ気持ちを伝えようと大きく息を吸い込んだ。

──頑張れ私。勇気を出せ。振り絞れ……！

「シャオ……」

やっとのことで口を開いた私の眼前に、ニュッとあるものが入り込む。

玄米に細長い海苔（のり）が巻かれたシンプルなおにぎりだ。

思わず顔を上げる。シャオランはとても優しい笑みを湛（たた）えていた。

「薬膳の話をしようか」

ポカンとして目を瞬（しばたた）く。シャオランはおにぎりのラップに指をかけると、丁寧に剝（む）きながら話し始めた。

「緊張すると胃がキュッとしたりするだろ？　心にも迷いが出る。〝気〟が上手（うま）く循環していないんだろうね。すると頭に〝血〟が巡らなくなって、正常な思考が妨げられる。これから話をしようって時に、それじゃ駄目だよね。じゃあどうすればいいか？」

目の前におにぎりが差し出された。

「これを食べてごらん」

思わず受け取る。迷いながらそっとシャオランを見つめれば、彼はにっこり笑んだ。

「さあ、薬膳で解決していこう」

キョトンとしておにぎりを見つめた。

──この踏ん切りがつかない感じも薬膳なら解決できる？

そんな馬鹿なと思いつつも、幼馴染み(おさななじ)の作った料理が里桜や吉田(よしだ)さんを救った事実を思い出して、こくりと唾を飲み込んだ。

恐る恐るおにぎりに齧(かぶ)りつく。中から現れた意外な具に目を瞬(まばた)いた。

「うずらの卵！」

それもしっかり味が染みた味玉だ。

半熟にとろける卵黄。茶色く染まった白身。お醤油(しょうゆ)のキリッとした塩気に、ねっとりとした黄身の濃厚なうまみが堪(たま)らない。モチモチの玄米が持つ優しい甘みに海苔の風味がぴったりだ。

「んんっ……」

美味しさのあまり、勢いよくもうひとくち。

鶏卵よりも小さい癖に、うずらの卵が内包しているうまみと言ったら！

おにぎりは小さめだった。あっという間に完食してしまう。

……ああ！　この間食べたおにぎりとぜんぜん違う。美味しい。幸せ。体が喜んでる！

すると、横からスッと湯気が上ったカップが差し出された。

「一気に食べたら喉が詰まるよ。ほら、スープ」

「子どもじゃないってば」

文句を言いつつも、大人しくカップを受け取る。脂の玉が浮かんだ白濁したスープに、ごろりとした大きな豚肉と緑色の野菜が泳いでいるのが見えた。

ふうふう、慎重に息を吹きかけて、スープを口にする。

「んっ……」

──ああ、なんて柔らかな塩気。それに生姜の風味が優しい！

豚のうまみがたっぷり染みだした白濁スープ。体を内から温めてくれる生姜。ほんのり感じる塩気。それに──

「セロリだ。いい匂い……」

香りのいい香味野菜が味にアクセントを与えてくれて、雨で冷えた体が温まる。差し出されたフォークで豚肉を刺して思い切り嚙みしめれば、想像以上の塩気とうまみ。

「ほろっほろ！　柔らかくて食べ応えがあって。うん、最高……！」

「塩漬け肉をネギとセロリ……香味野菜で煮込んだんだ。味付けは肉の塩気だけ。胃に優しくて、今の気分にしっかり効く薬膳だよ」

「今の気分……？」

思わず首を傾げれば、シャオランは苦く笑って続けた。

「これは緊張で弱った胃腸を労って、〞気〞や〞血〞を補ってくれる食事。鬱々とした気分や、不安な気持ちを香味野菜の香りで吹き飛ばしてくれる。……そうだなあ、名前をつけるとしたら——勇気をくれるご飯って感じかな」

——勇気。

ドキリとして隣のシャオランを見た。

それが彼からの〞勇気を出せ〞というメッセージのように思えたからだ。

「百花。今日は俺の告白への返事をしに来てくれたんだろ?」

眉尻を下げたシャオランは、憂いを含んだ瞳で私をじっと見つめている。

……ああ、私の考えなんて彼にはお見通しだったのだ。

「私のために、わざわざご飯を作ってくれたの?」

シャオランはそっと目を逸らした。

「まあね。……それだけが理由じゃないけど」

彼らしくない歯切れの悪い言葉に首を傾げる。

スープに視線を戻して、香りを胸いっぱいに吸い込んだ。

食欲を誘い、体の奥底から元気を引き出してくれる香味野菜と豚の香り。

私はゆっくり息を吐き出すと、くすりと小さく笑った。

「ありがと、シャオラン。君のご飯はいつだって私にいろんなことを教えてくれる」

クヨクヨ迷うなんて私らしくない。

お腹の底からなにかが溢れてくる感覚がする。

それはきっと――彼に自分の想いを伝えるための〝勇気〟だ。

「シャオラン、あのね」

勢いよく顔を上げ、シャオランの瞳をまっすぐに見据えた。

「あ……」

彼の薄墨色の瞳に、絶え間なく降り注ぐ雨が映り込んでいる。

綺麗だなと思うのと同時に不安になった。

じっと私の言葉を待っている彼の顔が、どうにも泣いているように思えて。

息を呑んだ私は、彼に向かって手を伸ばした。

無意識の行動だった。思い出の詰まった場所にいるからなのか、それとも私の気持ちが子どもの頃に戻ったのか。彼の側頭部まで手を伸ばして優しく引き寄せる。

とん、とシャオランの強ばった体が触れた。じんわりと熱と重みが伝わってくる。

私たちは、幼い頃のように寄り添うような体勢になった。

「えっ……」

「ごめんね、嫌？」

訊ねながら、優しく頭を撫でてやる。まるで当時の再現だとぼんやり思う。あの頃と違うのは、彼の身長が私よりも大きくなったことくらいだ。

「……いや……」

シャオランはそう答えると、黙り込んでしまった。

ふと触れた彼の肌がすごく熱い。真っ赤になっているのだろうか。

とんでもないことをしてしまったと思いながら、声が震えそうになりつつも口を開く。

「……私ね、リナさんと話したんだよ」

「リナと？」

「彼女にも言われたの。最後まで元彼を好きじゃなかったんでしょって。こうも言われた。好きじゃなかったから相手を退屈させた。本心から好きな人とはそうならない。恋愛が向いていないと諦めるにはまだ早いんじゃないかって」

――恋に向いてないんじゃなく、恋をしていなかった。

李娜の言葉は想像以上に私の心に響いた。

晋太郎に「十年間無駄にした」と言われた私は、恋愛に関するアンテナを全部切ってしまっていた。生きていくうえで必要なエネルギーを、恋に割く必要性を感じなかったからだ。

私にとって恋愛は価値のないものだった。

なのに——その判断は間違っていたのかもしれないと李娜が気づかせてくれた。

「チャレンジしてみたらってリナさんが言ってくれたの。人生は長いんだから、足せるものはガンガン足してみた方がいいって」

なんて彼女らしい言葉選びだろう。

言葉には誰かの人生を変えるだけの威力がある。

彼女の言葉は私の価値観を確かに変えてくれた。

「……チャレンジしてみたいなって思ったの。今のままの自分も好きだよ。このままでも満足できる人生になるんだろうけど、もっともっと豊かにしたいって思った」

人生を豊かにする手段はいろいろあるのだろう。

恋愛だって手段のうちのひとつにしか過ぎない。

私が恋愛を選ぶ理由。それは、お見合いで知り合った旦那さんへずっと恋をし続けている吉田さんを素敵だと思ってしまったこと。こっぴどくフラれた後、たくましく新しい恋人を見つけた李娜の生き方に憧れてしまったこと……。

彼女たちの生き様を目の当たりにして、私もそうなりたいと思ってしまった。

「だからね、わがままを言わせてほしいの。真摯な気持ちを伝えてくれた君は怒るかもしれないけど……」

　ゴクリと唾を飲み込む。

　小さく息を整え、まっすぐにシャオランの薄墨色の瞳を覗き込んだ。

　彼の潤んだ瞳には、緊張の面持ちをした私の姿が映り込んでいる。

「少しだけ待っていてほしい」

「待つ？」

「私……色恋沙汰に関しては本当に疎くて。だから……君からの気持ちに応えられるように、自分を鍛えようと思う」

「……具体的には？」

「恋愛について勉強する！　本を読んだり、映画を見たり。今の私はなにもわからないも同然よ。元彼とは倦怠期の夫婦みたいな関係だったから参考にならないし」

　がっしとシャオランの両手を掴み、言葉ひとつひとつに気持ちをこめて言った。

「シャオランが私を選んだことを後悔しないように、ちゃんと学んでくる。退屈させないように勉強してくる。なにごとも下準備は必要だと思うから……！」

　これは私にとって新しい挑戦だ。

誰かに恋をするために勉強……なんて思考がポンコツな気もするけど、こうでもしなければ今の自分から変われる気がしない。不器用なのだ。なにせ〝干物〟なので！

「でも、待たせているのは悪いから……他の人に目移りしたって構わない――きゃっ!?」

早口で想いを捲し立てていれば、シャオランに思い切り抱きしめられた。たくましい腕の中に閉じ込められて混乱していれば、シャオランはしみじみと嘆息して言った。

「本当に百花は、予想もつかない面白いことを言い出すんだから……。振り回されるこっちの身にもなってくれよ」

「ウッ……！　だって。なにごとも勉強と研究と実践が大切よ！」

「仕事じゃあるまいし。そうじゃないだろ、恋愛って」

「確かにアラサーにもなってなに言ってんだって感じだけど。でも……」

私にはこのやり方しかわからない。恋をしてみようと決意したからといって、すぐに頭が恋愛脳に切り替わるわけでもない。初めてのことに挑むなら準備が必要だ。

「待っていてくれってことは、将来的に俺と付き合う気持ちがあるんだ？」

耳もとで訊ねられ、かあっと顔が熱くなった。

パクパクと口を開閉して、期待感でキラキラしているシャオランの瞳から目を逸らす。

「そ、そうね」

途端、全身からブワッと汗が滲んできた。

恥ずかしい。逃げたい。いたたまれない。

ううっ……！　こんな症状を和らげてくれる薬膳はないものか。

エマージェンシー！　エマージェンシー！　陽茂野百花は今にも死にそうです……！

ひとり心の中で葛藤していれば、シャオランは容赦なく追い詰めてきた。

「ふうん、そっか。ならさ、俺も恋愛の勉強に付き合うよ」

「……へっ？」

彼の瞳に悪戯っぽい色が浮かんでいる。私の抱き心地を確かめるように腕に力をこめたシャオランは、とんでもないことを言い出した。

「俺と契約をしよう」

「はっ……？　契約？　なんの？」

「本当の恋人じゃないけど、それに近しい立場でいるって契約だよ。恋人（仮）みたいなものかな。俺は百花のことが好きだ。待っていてほしいというならいくらでも待つ。だけど、その間に百花が他の奴に盗られたらと思うと気が気じゃない。安心材料がほしい」

「い、いやいやいやっ!?　私よ？　そんなことあるわけな……」

「ある。絶対に百花に目をつける奴は現れる」

ズバリと断言されて途方に暮れる。怪訝に思って、堪らず訊ねた。

「本気？　ねえ、シャオランの好きなのは本当に今の私なの？　あの頃の私と今の私は違うんだよ。もし初恋に引きずられて好きだって言っているのなら……」

「待って」

突然、手で口を塞がれた。

薄墨色の瞳を柔らかく細めた彼は、屈託のない笑みを浮かべて再び断言した。

「馬鹿だな。今の百花が好きだよ。飾らないありのままの百花が」

「～～～っ！」

殺し文句を間近で囁かれ、どうにもいたたまれなくなった。

「卑怯だわ……」

攻撃力の高い顔面から吐かれる甘い言葉は即死レベルの威力がある。

真っ赤になって視線を逸らせば、シャオランが口を尖らせた。

「ひどいな。何度も何度もアプローチしたのに、全部かわされてきた俺の気持ちを少しは汲んでくれてもいいだろ？」

「アプローチ？　最近の話じゃなくて？」

「その前からずっとしてたさ！　わかりづらかったかもしれないけど！」

ムキになって叫んだシャオランに堪らず小さく噴き出す。

――私ってば鈍感すぎない？　シャオランには悪いことをしたなあ……。

おかしいやら申し訳ないやらで笑うしかできない私に、シャオランは一瞬だけムッとすると、次の瞬間には破顔した。

「まあそれも、今となっては過去のことだよ。仮とはいえ、百花が俺の恋人になってくれるなら、なんの文句もない」

「……本当に？」

「本当だよ」

「――まだ、シャオランを異性として好きになるかなんて断言できないけど」

見蕩（みと）れるくらいに整った顔。引き締まった体。きっと彼は誰もが認めるイケメンだ。

仮とはいえこんな人が私の恋人になるなんて――途方もないことのように思う。

「大丈夫、すぐに夢中にしてみせるさ」

シャオランが浮かべたのは、蜂蜜よりもなお甘い笑顔だ。

羞恥心でいたたまれなくなる。再び逃げ出したい気持ちでいっぱいになっていれば、シャオランは「俺と仮の恋人になってくれるだろ？」と上機嫌に言った。

思わず「ウッ！」と呻いていれば、彼は私の耳もとで更に囁いた。

「恋を学ぶにしたって実践の方がいいに決まってる。仕事を覚えるのと一緒さ。田中さんにも言ってただろ？」

「ウウ〜〜〜っ！」

己の言葉を盾に迫られ、返す言葉もない。

ウンウン唸っていれば「じゃあ決まり」と持ち前の強引さを発揮したシャオランは、腕の中の私を抱え直した。

「じゃあよろしくね」

「……うん」

「俺を選んでくれて嬉しいよ」

そっと囁かれ、ますます顔が熱くなる。

これからの人生のために恋をしてみようと私は決意した。

シャオランを相手に選んだ理由はもちろんある。

それは彼がイケメンだからでも、私に告白してくれたからでもない。

ふと目を閉じれば、あの頃の思い出が蘇ってくる。

ふたりで過ごした公園。一緒に過ごした長い、長い時間……。

私はなにも、ボランティアや同情心で彼と一緒にいたわけではないのだ。

あれはまぎれもなく私にとっての初恋だった。

いつもそばにいて私を勇気づけてくれる。子どもの小さな体で抱えるには大きすぎる寂しさを、楽しさに塗り替えてくれたのがシャオランだった。

恋しちゃうよね……。ときめいちゃうよね。好きにならないわけがないよ。

初恋は成就しないと人はいう。

私の淡い恋心も例に漏れず実らなかったのだ。

小学六年の春……空港へ向かう車へ乗り込んだシャオランを見送った瞬間、私の恋心は砕けた。思えばあの日以来、私は恋をしてこなかったのだろう。

誰にも心惹かれないまま、晋太郎との交際に至ってしまったのだ。

だから、再び恋をするのならシャオランがいい。

初めての恋を捧げた人と恋ができたなら……きっと、私の人生は――

その時、ふとシャオランがこんなことをこぼした。

「昔からずっと好きだった子と、仮とはいえ付き合えるなんて。すごい幸せだな……」

驚いて顔を上げる。

シャオランは、ふんにゃりと安心しきったように顔を緩ませていた。

まるで気の抜けた猫みたいな笑い顔だ。

ほろり、彼の薄墨色の瞳から透明な雫がこぼれる。

心臓が軽く跳ねた。驚きすぎて徐々に鼓動が激しくなっていく。

――ああ、成長して変わってしまったとばかり思っていたのに。

かつて初恋を捧げた頃の面影を眼前で見せつけられ、きゅうと胸が苦しくなった。堪らず視線を逸らす。

「あっ……」

地面に溜まっていた水たまりが眩い光を放っているのに気がついた。

視線を上げれば、世界が一変していた。

いつの間にか雨が上がり、どんより曇った空に小さなほころびができている。雲間から漏れ出ているのは、夕焼けに染まった橙色の天使のはしご。すでに夕暮れ時に差し掛かっていたらしい。徐々に雲が晴れていき、鈍色だった世界が燃えるような赤に染め変えられていく。ぽたん、と葉に残っていた雫が地面に落ちた。夕陽を反射した雨粒が眩い光を放って世界を彩っている。雨の雫が世界を飾る宝石のようだ。

見惚れるほどの夕映えの景色に目を奪われ、思わずぽつりとこぼす。

「……綺麗」

「そうだね」

ちらりと横に視線を遣れば、シャオランと目が合った。にっこり微笑まれて、頬が熱くなる。彼が仮の恋人に向ける視線は、以前にも増して甘い。

――ああ。なんだか大変なことになってしまった……。

再び夕陽に視線を戻し、私は小さく息を漏らしたのだった。

＊＊＊

シャオランとの件は無事に解決できた。

仮の恋人という不可思議な関係に落ち着いたが、今は置いておこう。

私にはもうひとつ解決しなければいけない問題があった。

過去の負債の清算であると言っても過言ではない。

――あの男の件を片付けねばならない。

私が新しい一歩を踏み出すためにもだ。

時刻はすでに午後八時を回ろうとしていた。

閉店間際の店内。パンフレットを眺めていたお客様も、私たちが片付けを始めたのを悟ってか退店していく。いつもは賑わっている店内も、この時ばかりは一日の終わりを感じさせてくれるほどに静かだ。

——そう。カウンターの一角を除いては。

「……百花、俺はなにも聞いてないぞ！」

晋太郎がタラタラと大量の脂汗を流し、視線を宙に泳がせている。

先日はひとりで来店していた彼だが今日は違った。

「あら、晋太郎さん。叫ばないで？　ここはお店よ。マナーを守らなくちゃ」

「そうよそうよ。百花ちゃんは親切で私たちを呼んでくれたのに。私たちはとっても感謝しているんだから」

「う、うううう……」

彼の両隣に陣取っているのは、晋太郎の嫁の美雪と母親の幸恵だ。

幸恵はカッと目を見開くと、突然、息子の耳を指で引っ張り始めた。

「百花ちゃんに怒るわけがないでしょ。つわりで死にそうな嫁を海外に連れだそうとしているアホな息子に怒る理由はあってもねえええええ！」

「いだっ！　いだだだだだだだ！　母ちゃん、痛いよお！」

「あんた、妊娠前とは状況が違うんだよ！　わかってんのかい！　まだ生まれてもいない孫を殺す気か！」

「いいぞ〜！　お義母（かあ）さん、やっちゃってください！」

——ああ。やっぱりふたりを呼んでよかったわ。

ぎゃあぎゃあ騒いでいる三人を眺めながら、満足感に浸る。

長年、晋太郎と付き合っていた私は、幸恵とは個人的にメッセージをやりとりするくらい仲がよかった。晋太郎と別れてからは取りやめていたが、今回のことがあったので連絡を取ってみたのだ。先日の晋太郎の口ぶりでは、幸恵までグルになって旅行を推し進めているような印象を受けたので、実情を確認したかったのもある。

交際していた時になにげない雑談の中で聞いた限りでは、幸恵はとても常識人で、妊娠・出産・嫁姑（しゅうとめ）関係で苦労している人だった。そんな人が、つわりで苦しむ嫁をサプライズ旅行に連れて行こうとするとは思えない。案の定、すべては晋太郎ひとりの暴走だった。事情を幸恵から確認した私は、のほほんと「仕事終わりに旅行の相談に行く」とメッセージをくれた晋太郎と彼女たちが鉢合わせるように仕組んだ。それもこれも無謀な計画を頓挫させるためである。

「吉住様、それでどうしましょう？　ご旅行のお手配はいかがいたしますか？」

にっこり笑って晋太郎に問いかける。

晋太郎はヒクヒクと口もとを歪めると、歯切れの悪い様子で答えた。

「よかれと思って計画したのに。なんで俺がこんなに責められなくちゃいけないんだよ」

どうも自分がなにを仕出かそうとしているのか、まだ理解していないらしい。

しまいにはブスッとむくれて私を睨みつけた。

瞬間、極寒の冬よりも冷たい視線が晋太郎に注がれる。

「……晋太郎さん？」

「……馬鹿息子？」

「あ〜！　わかったよ今回は諦める。旅行で散財するくらいなら、その金で子どものためのものを買うよ！」

さすがに両脇から注がれる視線に耐えかねたらしい。晋太郎は降参とばかりに諸手を挙げると、疲労感たっぷりに脱力した。

「性別もまだわかってないのに、なにを買おうとしてんだい。この子」

「本当に」

美雪と幸恵は、そんな晋太郎をクスクス笑って見つめている。

――よかった！　サプライズ旅行はなくなったみたい。

ホッと胸を撫で下ろす。阻止できてよかった。晋太郎も悪い人ではないのだ。今回は、お嫁さんに対する気持ちが暴走してしまっただけで。

——あのまま晋太郎と別れなかったら、この騒動は自分の身に降りかかっていたのかもしれないなあ……。

思わずしんみりする。人生どうなるかわからないものだ。

私は改めて三人に向かい合った。

「お子様が生まれて、遠出できるようになったらまたご相談ください。旅行先、滞在中のサポート含め、いろいろとご提案させていただきます」

「ええ、その時はお願いします」

「……あ。幸恵さんは慰安旅行等ご要望があればいつでも」

「頼もしいわ、百花ちゃん！　ぜひ相談しにくるわね」

「どうぞごひいきに！」

幸恵と美雪、三人で笑い合う。すると突然、晋太郎が変なことを言い出した。

「百花は相変わらずだなあ」

「え？」

思わず目を瞬く。

「どこにいたって、なにをしたって、仕事だってそつなくこなすだろ。今だって綺麗に締めてくれちゃってさ」

「ちょっと、あんたなに言ってんの」

「いやいや母ちゃん。俺は褒めてるんだよ。なんでも無難に終わらせるってすごいことだと思うぜ。まあ、代わりに刺激が少ない人生だろうけどな。高校から付き合ってた俺にはわかんだよ。百花のことは俺が一番よく知ってる。ま、彼氏もいないだろうし、これから仕事一筋で生きるんだろ？　いいんじゃないか？　お前には向いてるよ」

『晋太郎も悪い人じゃない』

……前・言・撤・回！

――パキッ！

握っていたボールペンが鈍い音を立てる。

どうやらこの男、別れた時から私がなにも変わっていないと信じているらしい。

――私だって恋人くらいいますけど……!?　（仮）だけどね！

それにしたって無礼な物言いだ。

別れた彼女にはなにを言っても許されると思っているのだろうか……。

「どうしてくれよう」

呪詛めいた言葉をうっかり口から漏らしてしまったらしい。幸恵がアワアワし出し、美雪にいたっては全力で晋太郎の頭を叩いた。

「いってえ！　美雪、お前なにすんだよ！　本当のこと言っただけだろ？」

晋太郎に反省の様子はまったくない。眩暈がしてきた……。

──その時だ。

「ああ、やっぱりまだ終わってなかったんだね」

誰かが駆け足で店舗に入ってきた。

もう受付は終わっていると言おうとして──カチンと固まる。

「ディナーの約束をしていたのに、なかなか来ないから心配しちゃったよ」

入店してきたのはシャオランだった。息を切らし、さも今しがた気がついたような顔をして、ポカンとシャオランを見つめている三人へ会釈した。

「……失礼。接客中でしたか。邪魔をしてしまいました」

ぽうっとシャオランを見つめていた幸恵だったが、やや興奮気味に私に訊ねた。

「やだ、百花ちゃん　この人どうしたの！　まさか彼氏……!?」

「えっ？　は、はあ……いちおう」

……（仮）だけれど。

「えええええ！　やだ、そうなの～！　イケメンじゃない……！」

さすがマダムキラー・シャオラン。この短時間で幸恵の心を摑(つか)んだらしい。

シャオランは「もしかして彼らは友人かな？」と私に訊ねた。こくりと頷(うなず)くと、大げさに驚いた顔をして三人に向かって笑顔を向ける。

「はじめまして。王浩然といいます。百花さんとお付き合いさせていただいています」

「あら……外国の人？　素敵！　体もすごい引き締まってて……。うちの息子とは比べものにならないわあ～。あやかりたいくらい！　どこで知り合ったの？　あっ、さすがに不躾(ぶしつけ)すぎたかしら。ウフフフフフ！」

「いえいえ、大丈夫ですよ。俺は幼少期を日本で過ごしていて……百花とは家が隣同士だったんです。いわゆる幼馴染(おさななじ)みで、百花とは長い付き合いなんですよ」

ポカンと口を開けたままの晋太郎にちらりと視線を投げる。

「たぶん、百花のことを一番よく知っている男は俺でしょうね」

シャオランは小さく……けれども、晋太郎にだけわかるように鼻で笑った。

「なっ……！」

途端に晋太郎の顔が真っ赤になり、シャオランを視線で射殺しそうなほどに睨みつけた。

当の本人はどこ吹く風だ。愛想よく幸恵に話しかけている。

「旅行の計画ですか？　素敵な息子さんですね。家族想いだ」

「うふふ、そんなことないわよ～。ほんっと馬鹿息子で」

シャオランの仕業にこれっぽっちも気づいていない幸恵は上機嫌で笑っている。

――な、なんなの……。

状況がまったく理解できずに混乱する。どうすればいいかわからず辺りを見回せば、とっくに閉店時間を過ぎている事実に気がついた。

「で、では、吉住様。そういうことですので、またのご来店をお待ちしております！」

早口で捲し立てて頭を下げると、幸恵がにんまりと悪戯っぽく笑う。

「ごめんなさいね、彼が待っているのに長居して。ウフフ」

「い、いや!?　そういうわけではないんですけども」

「いいのいいの。熱々ね～。羨ましいわ～。さ、馬鹿息子、美雪ちゃん。帰るわよ」

「でも、コイツ……！」

「早く行きましょう。さっきの発言について、家で反省会をしなくちゃですし」

「……えっ、反省会？」

驚いた顔をしている晋太郎を、美雪はどこか冷め切った目で見ながら言った。

「元彼女の店に押しかけた理由を洗いざらい吐いてもらうわ。子どもが生まれるまで時間がないの。あんたを再教育しなくちゃいけない」

「さ、再教育!? 待て美雪、俺になにをするつもり……オイ!」

真っ青になった晋太郎には構わず、幸恵と美雪は深刻そうな表情をしている。

「手間をかけさせてごめんね美雪ちゃん。私の育て方が悪かったばかりに……」

「いいんですよ、お義母さん。彼を生涯の伴侶にって決めたのは私です」

「……! 本当にいい子が嫁に来てくれたわあ! 美雪ちゃん、ふたりで晋太郎の根性をたたき直してやりましょう!」

「ええ! やってやりましょう。目指せイクメン……!」

「ヒッ……!」

力強く頷き合ったふたりから、晋太郎はとっさに逃げようとするも、首根っこを摑まれて動くこともままならない。ズルズルと引きずられていく様は、さながらドナドナされる仔牛(こうし)である。哀愁漂う姿に、私は心の中で合掌した。

晋太郎の姿が遠ざかり、自動扉が閉じる。

途端、私はあまりのことに脱力してしまった。

「……はあああ……」

「大丈夫?」

「大丈夫って、シャオラン。あんたねえ！」

眦をつり上げると、シャオランはクスクスと口もとを隠して笑った。

「ま、苦情なら後で聞くよ。いつもの〝眺めのいい〟レストランで待ってる」

片目をパチリと瞑る。シャオランは颯爽と去っていった。

「んん……」

頭痛を覚えて椅子に座り込む。嵐のような時間だった。乱れた感情と、多すぎる情報が頭の中で錯綜していてどうにもまとまらない。なにはともあれ店を閉めなければ。

「ひっ……？」

しかしその瞬間、背後から殺気を感じて全身に鳥肌が立った。

「「「マ～ネ～ジャ～……？」」」

後ろにいたのは女性社員たちの群れだ。

目を爛々と輝かせた彼女たちは、興奮気味に私へ詰め寄ってきた。

「今の誰ですか。彼氏って本当ですか！」

「すごいイケメンじゃないですか～！　どこで捕まえたんですか！」

「眺めのいいレストラン……！　な、眺めのいいレストラン！」

「み、みんな。落ち着いて……？」

——ああ、これはしばらく帰れないぞ。

私はがっくりと肩を落とすと、海よりも深いため息をこぼす。

その一方で、胸が空く思いを感じていた。

「……過保護なんだから」

笑みを浮かべて顔を上げる。

そして、胸の奥に小骨のように突き刺さっていた「つまらない女」や「十年間無駄にした」という言葉が、跡形もなく消えていることを実感していた。

食後酒

アロマキャンドルが、ゆらりゆらりゆらと黄みがかった光を辺りに放っている。

客のいない「棗（なつめ）」の店内。照明はすべて落とされて、店内を照らしているのはキャンドルと窓から差し込む公園の街灯の明かりのみ。

窓際のテーブル席を陣取り、ぼんやりと温かいお酒を飲む。

今日のお酒は麦焼酎のお湯割り。中には真っ赤な梅干しがひとつ。

梅干しの実をマドラーで潰しながら飲む、美味しょっぱい一杯だ。

「本当に大変だったんだからね。それに〝眺めのいい〟レストランってどこよ。……まったくもう」

女性社員たちに質問攻めにされたことを思い出して、ため息をこぼす。

皿を手に戻ってきたシャオランは、どこか不満そうに言った。

「だって、百花（ももか）を馬鹿にしただろ。アイツ」

「まあ……気持ちはわかるけど。私だってさすがにカチンと来たもの」

「百花のことを一番よく知っているのは俺だし」

「その対抗心に関してはよくわからないかな……」

「あとさあ、うちの店から見える夜の公園。意外と綺麗だと思うよ」

「眺めがいいってそこ⁉」

「ま、ものは言いようだね」

向かいの席に座ったシャオランを睨みつつ、テーブルに置かれた皿に視線を落とす。

そこには、何粒かのチョコレートが載っていた。

「酸味のあるお酒にチョコ。意外と合うんだよ。試してみて」

「薬膳的には？」

「梅の五行説における帰経は〝肝〟・〝脾〟・〝肺〟。体の水分代謝を整え、食欲増進、疲労回復効果。アルコールで体を温めて血行をよくする。カカオは〝陰〟の方向に偏った〝気〟を〝陽〟へ引き寄せる効果。たとえば……頭がクラクラしたりするのを改善する」

「………」

じとりとシャオランを見つめる。

どうやら店頭で眩暈を覚えているのを見られていたらしい。

思わずどこから見ていたのかと訊ねると、彼は最初からだと笑った。

「以前、田中さんから百花が変な客に絡まれてるって聞いて、その客が再訪したら連絡をくれるように頼んでおいたんだ」

――里桜か……！

「いつの間に連絡先を交換してたのよ……」

「彼女、この間ひとりで来店したんだ。その時に」

どうも、私がシャオランとの関係を悩んでいた時期の出来事のようだ。

「マネージャーに恩返しをしたいから、できることはないかって持ちかけてくれたんだ」

「…………。そう」

後輩の気遣いにじんわりと胸が温かくなるのを感じながら、お酒を口に含む。ついでにチョコを口に放り込んだら、お酒の熱であっという間に溶けた。

「……ん。これは……」

「美味しいだろ？」

「お主、なかなかやるではないか」

「お褒めに預かり光栄です」

視線を合わせ、次の瞬間にはクスクス笑う。

――ああ。彼とまた、こんなひとときを過ごせるだなんて思いもしなかった。

しみじみそう思って、ぽつりとこぼす。

「今年は激動の春だったなあ」

「なにそれ」

「いやあ、春先からずいぶん変わったと思って」

桜吹雪の中、久しぶりに幼馴染み（おさななじみ）に再会してから、私の世界は一変した。

薬膳料理に初めて触れて、シャオランに美味しい料理をたくさんご馳走（ちそう）してもらった。

ちょっとしたトラブルもあった。それだってふたりで解決して……。

李娜（リーナー）や吉田（よしだ）さんのような素敵な人たちとも出会えた。本当に目まぐるしい春だった。

まさかその結果、恋人（仮）ができるとは思わなかったけれど――

人生って本当になにが起こるかわからない。

「シャオランにまた会えてよかったよ。ありがと」

にっこり笑って、チョコを口に放り込んだ直後のシャオランを見つめる。

彼は口をモゴモゴ動かしながらほんのりと顔を赤く染めた。

少し照れくさいのか、視線を宙にさまよわせて指先で腕のタトゥーをなぞる。

――あ、そうだ。そういえば。

「ねえ、シャオラン。そのタトゥーって、なにか意味があるの？」

前から気になっていたのだ。彼の腕で咲き誇る大輪の牡丹。

婚約者だった李娜を表しているのかとも思ったのだが、どうも違うようだ。

焼酎で口の中のチョコを流したシャオランは、腕のタトゥーをじっと見つめた。

悪戯っぽい笑みを浮かべ、

「知りたい？」

と、私に訊ねた。

「そ、そりゃあ。意味があるのなら」

「ふうん」

そう言って、ポケットからスマホを取り出す。

——なんだろう？

お酒を飲みながら、画面を操作しているシャオランの様子を眺める。

スマホを手に、シャオランがそばにやってきた。

「見てごらん」

「なに……？」

画面に表示されていたのは、植物を取り扱ったホームページだ。色鮮やかな花の写真に、それぞれの説明が添えられている。シャオランが指さしたのは牡丹の紹介文だった。

「ええと？　牡丹はボタン科ボタン属の落葉小低木。別名〝百花の王〟と呼ばれ……」

途端に思考が停止する。

――つまり、えっと……。シャオランの入れ墨は。

スマホの画面を見つめたまま固まっている私に、シャオランは言った。

「君は百花。俺は王。百花の王。つまりはそういうことだよ」

「…………。本当に？」

――牡丹のタトゥーは私……!?

「ひえ……」

勢いよくのけぞると、ガツンと後頭部が壁にぶつかった。視界に星が飛んで、強烈な痛みと共に目がチカチカする。

「痛い」

「大丈夫？」

あまりの痛みに、後頭部を押さえて前のめりになった。シャオランがクスクス笑っている。涙目のまま睨みつければ、彼は私の後頭部を撫(な)でながら言った。

「言ったろ？　俺はしつこいんだ。初恋をずっと温め続けるくらいには」

そしてこう続けた。

「でも……そんな気持ちも一度は折れかけた。雨の公園に行った日……本当は、百花にフラれるんだろうなって思ってたんだ。君がなかなか俺に声をかけなかったのは、どうやって断るか迷っているんだって思い込んでいた。だから、自分のために料理を作って持って行ったんだ。勇気が出る素材を選んで」

「それは……フラれる勇気？」

「そう。でも──違った」

シャオランはクックッと喉の奥で笑うと、私をじっと見つめた。

「百花はいつだって俺の予想をいい意味で裏切ってくれる。俺もまた百花に会えて嬉しいよ。〝百花の王〟……俺は百花のものだ。百花も──俺のものだけど」

最後に私の手を取ったシャオランは、手の甲に唇を落とした。

「君を傷つけた男の件は片付いた。これからの俺たちは、ただの幼馴染みじゃないよな。よろしく」

「…………ッ！」

──ぴしょん、ぽたん。

ああ、耳の奥でまた水音がする。

今日は雨の気配なんてこれっぽっちもなかった。確実に雨は降っていない。

じゃあ、耳に聞こえてくるこの水音は？　シャオランの唇が触れた箇所から、じわじわと広がってくる潤いは――

干物な私の体に、なにか温かいものが沁みていく音なのだろう。

「――ま、まだ本当の恋人じゃないですし」

気恥ずかしくなってシャオランの頬を両手の指で摘まむ。

グニグニと変形させて整った顔を台無しにしてやった。マンタみたいな顔になったシャオランへ、私はニッと白い歯を見せて笑った。

「こちらこそよろしく！　いつか（仮）が取れるように努力する」

そのためには早急に恋愛偏差値の向上が必要だ。

……どうすればいいかなんてわからないけれど。ま、なんとかなるでしょ！　たぶん。

シャオランは私の手を顔から外した。やたら深く嘆息する。

「えっ。なんでそこでため息!?」

想定外の反応に慌てていると、シャオランがどこか恨みがましい目で私を見つめた。

「どうしてこう……人がいい雰囲気に持って行こう、持って行こうって頑張っているのに台無しにするかなあ!!　まったく先が思いやられるよ！」

シャオランは、お返しとばかりに私の両頬をグニグニ引っ張り始めた。

突然落ちてきた雷に私は目を瞬いた。どうやら私の反応が不満なようだ。私なりに考えているのにひどいと思う。ムッとして再びシャオランの頬を引っ張った。

「……なに言ってるの。小さい頃から知ってる相手なのよ。いい雰囲気になれって言われても困るんですけど⁉ 私、シャオランがオムツの頃から知ってるんだからね！」

さあっと青ざめたシャオランが叫んだ。

「そ、それは忘れてくれよ！」

「無理ー！　可愛かったわあ、あの頃のシャオラン」

「……そ、それなら俺だって！」

お互いの頬を引っ張り合ったまま、ギャアギャア言い合いを続ける。

「いい加減にしてくれよ！」

「それはこっちの台詞よ！」

「はあ……はあ……」

さすがは幼馴染み。お互いにネタには困らないから、延々と口論が続いた。

「………………」

しまいには、黙り込んで睨み合う。

——ああ、本当に色気もへったくれもない。

仮とはいえ恋人になったばかりだというのに、これで大丈夫なのだろうか？

じっと無言のままでいると——どちらからともなく噴き出した。摑んだままのお互いの顔から手を離して、お腹を抱えて笑う。

「アッハハハ！　くっだらない！」

「アハハ！　本当だよ。まったく……」

さすがに疲れたのか、シャオランはその場にしゃがみ込んでしまった。いつものように頭を撫でてやる。そして——嘘偽りのない気持ちを吐露した。

「茶化してばかりでごめんね。ちょっと照れくさくて」

「……そうなの？」

「前の彼氏とはすごく淡泊だったから。正直、お尻がムズムズして落ち着かない……」

顔を真っ赤にして告白する。目を丸くしていたシャオランは、次の瞬間には破顔して、どこか晴れ晴れとした顔で言った。

「俺も焦っていたんだと思う。こっちこそごめん。ゆっくりやっていこう。時間はたっぷりあるんだから」

互いに頷き合って、私たちはしみじみと語り合った。

「思ったことはきちんと共有していこう。幼馴染みな俺らだけど、空白期間があることは確かだ。そこの確認をおろそかにしちゃいけない」

「うん。ちゃんと意識する。もちろん努力もするよ。一緒に頑張ろうね」

「ああ！　俺もだ」

「実践は今すぐにでも始めた方がいいよね。……でも、ちょっと小腹が空いたかも」

「わかった。じゃあ――」

すると、シャオランはパチリと片目を瞑って言った。

「美味しいものでも食べながらにしようか」

私は、おおイケメンのウィンクありがたや、なんて思いながら答えた。

「それは大賛成！」


こうして――私たちの新しい関係が始まった。

〝干物〟な私と、そんな私をずっと好きだったシャオラン。(仮)な恋人同士だ。

「そういえばさ」

料理の支度をしていたシャオランが、ふとこんなことをこぼした。

「古代中国では、乾物はすごく貴重だったんだよ。通貨の代わりに使われたくらいで〝乾貨〟って呼ばれてたんだ」

なにを言いたいのだろうかと、シャオランの顔をじっと見つめる。

彼はどこか嬉しそうに言った。

「百花、よく自分は干物だって言うだろ？　それって……百花自身、すごい価値のあるって感じがして、俺は好きだな」

——ああ。胸が、心が、体が。吸いきれないいくらい温かなもので包まれている。

「シャオラン。ありがとう……」

照れくさくて思わず顔を逸らす。血流のよくなった耳がじんじんしてくすぐったい。

シャオランがくれる温かな感情は、まるで天の恵みみたいだ。

慈雨のように私の体に優しく沁みていき、細胞を瑞々しく変えていく。

ねえシャオラン。私……これからがすごく楽しみだよ。

きっと、君と歩んでいく未来は——

潤い溢れた、色鮮やかで豊かなものだろうから。

お便りはこちらまで
〒一〇二―八一七七
富士見L文庫編集部　気付
忍丸（様）宛
沙月（様）宛

この作品はフィクションです。
実在の人物や団体などとは関係ありません。

富士見L文庫

花咲くキッチン
再会には薬膳スープと桜を添えて

忍丸

2021年9月15日　初版発行

発行者　青柳昌行
発　行　株式会社 KADOKAWA
〒102-8177　東京都千代田区富士見2-13-3
電話　0570-002-301（ナビダイヤル）

印刷所　株式会社暁印刷
製本所　本間製本株式会社
装丁者　西村弘美

定価はカバーに表示してあります。　◇◇◇

●お問い合わせ
https://www.kadokawa.co.jp/（「お問い合わせ」へお進みください）
※内容によっては、お答えできない場合があります。
※サポートは日本国内のみとさせていただきます。
※Japanese text only

ISBN 978-4-04-074178-9 C0193